Paul Kummer

Die Karl Vogt'sche Theorie von der Abstammung des Menschen

Antigonos

Paul Kummer

Die Karl Vogt'sche Theorie von der Abstammung des Menschen

Unveränderter Nachdruck der Originalausgabe von 1868.

1. Auflage 2024 | ISBN: 978-3-38616-005-6

Antigonos Verlag ist ein Imprint der Outlook Verlagsgesellschaft mbH.

Verlag: Outlook Verlag GmbH, Zeilweg 44, 60439 Frankfurt, Deutschland, info@outlook-verlag.de
Vertretungsberechtigt: E. Roepke, Zeilweg 44, 60439 Frankfurt, Deutschland
Druck: Libri Plureos GmbH, Friedensallee 273, 22763 Hamburg, Deutschland

Die
Karl Vogt'sche Theorie
von der
Abstammung des Menschen.

Sachlich beleuchtet

von

Paul Hummer.

Aus Vorträgen, die der Verfasser in einem naturhistorischen Verein gehalten, zusammengestellt.

Zweite
mehrfach erweiterte
Auflage.

Zerbst.
Hermann Zeidler
1868.

Kurzes Vorwort.

Das Vorliegende hätte nach gutem altem Brauche zu einem dicken Bande mit nützlichen und unnützen Erörterungen anschwellen sollen, um auch äußerlich das Gewicht des Stoffes anzudeuten. Jedoch da die Schrift nicht bloß auf Gelehrte berechnet ist, — und diesen können zum Theil Gesichtspunkte bei solcher Art von Abhandlungen genügen — sondern vor Allem ein fliegendes Blatt für Viele sein will, so würde es schon freuen, wenn diese Vielen nur von dem Wenigen Notiz nähmen. — Es behandelt den Materialismus, insofern er in den derbsten Theil des Darwinismus, nämlich in die Theorie der Abstammung des Menschen von einem affenverwandten Thiere verflochten ist. Der Kampf dieses wissenschaftlichen Materialismus, sei er wie er wolle, ist berechtigt unter ehrlichen Leuten, denn er ist das Recht der rationellen Wissenschaft, ihre absolute Souveränität zu erproben. Und ein tüchtiger und respectabler Vorkämpfer ist in Professor Karl Vogt berufen. Das Recht aber dieses Schriftchens gegen denselben gründet sich einfach auf das Recht der Einsprache gegen blendende Behauptungen und gegen Beweisführungen, welche schlichte Thatsachen genial behandeln, indem sie ihnen nach bester Ueberzeugung den Hals umdrehen, daß die armen Dinger hinblicken müssen, wohin sie sollen, — und Alles stimmt unisono bei! Dabei bleibe jedoch die Person des hochgefeierten und in jeder Beziehung ganzen Mannes mir unberührt, und sein wissenschaftliches Verdienst ungeschmälert. Ja, das kühne Aussprechen seiner Meinungen ist ein Blitz in schwüler Zeit, und in einst gereinigter Atmosphäre wird man manchen Dank ihm wissen. Daß er aber, immerhin um seine Mission zu erfüllen, auf den äußersten Vorsprüngen der Verneinung einhergeht, ruft die wissenschaftliche Opposition wach. Ihr nun will Vorliegendes einen Ausdruck geben. Es wendet dasselbe darum sich nicht an die Schwäche des

Gemüthes, sondern auf logischen und naturwissenschaftlichen
Grundlagen an die Kraft des Nachdenkens. Eine Ver=
söhnung des Gemüthes mit dem Verstande wird sich dabei aber
mit ergeben. Diese Versöhnung wäre aber auch schon ein Zeugniß
der Wahrheit.

Möge denn das Schriftchen wenigstens ein Geringes die
Wahrheit fördern helfen!

Zerbst, im Frühling 1868.

Der Verfasser.

Vorwort zur zweiten Auflage.

Die Freude eines Verfassers über eine neue Auflage gründet
sich in meinem Falle ganz besonders darin, daß ich Gelegenheit
habe, das Skelett des Schriftchens noch etwas auszubauen, leicht
Mißverstänbliches zu präcisiren und manchen wichtigen Punkt
durch weitere Ausführung mehr zu betonen. Die Absicht ist
mir natürlich dieselbe geblieben, es klar zu machen, daß derar=
tige wissenschaftliche Behauptungen nicht gleich für baare Münze
zu nehmen sind und daß vielleicht schon Jahrzehnte nach uns nur
ein Lächeln dafür haben dürften. Die Frage, um die es sich han=
delt, ist in ihren Folgerungen jeden Menschen im Innersten be=
rührend, darum aber darf sie nicht in materialistischer Einseitig=
keit beleuchtet werden, deren Unzulänglichkeit ich wissenschaftlich dar=
zulegen bemüht war. Und eben der Stempel der Einseitigkeit,
den die Vogt'sche Auffassung unverkennbar trägt, und unter dem
jetzt die Frage auf Katheder und Markt erörtert wird, dürfte es
rechtfertigen, daß mein Schriftchen bisher auf seinen Bahnen
nicht ganz unbeachtet blieb.

Zerbst, den 1. September 1868.

Der Verfasser.

1.

Um was es sich hier handle.

Die Abstammung des Menschen vom Affengeschlechte oder doch allerbeider von gemeinsamen noch tiefer stehenden Stamm= eltern ist neuerdings vom Prof. K. Vogt aus Genf in Sälen und populären*) und gelehrten Blättern und Werken**) proklamirt und zum landläufigsten naturwissenschaftlichen Thema geworden. Als ob direkt vom Affen her, ist freilich nicht ganz genau seine wissenschaftliche Vorstellung, auch nicht gerade von einem Uraffen (simia primigenia) meint er es; aber indem er den Stamm= baum von Mensch und Affe benselben sein läßt, hat doch die po= puläre Ausdruckweise ihm gegenüber ihre volle sachliche, wenn auch nicht genau systematische Richtigkeit. Diese echt volksthümliche Herleitung mit ihrem Humor und ihrer Naivetät hat durch die Bemühung der Wissenschaft eine ernste Haltung bekommen. Ja, diese naturwissenschaftliche Behauptung ist sogar nichts weiter als der selbstverständliche aber fulminante Ausläufer der Darwin= schen Umwandlungstheorie, wonach nämlich jedes noch so vollkom= mene Lebewesen von einer Urzelle, etwa einem Infusionsthierchen, nach allmäligem Fortschritt durch die Jahrmillionen, herzuleiten sei.

Das ist so zu verstehen!

Alle Geschöpfe seien gemeinsamen Ursprunges. Die niederen (etwa die wirbellosen Infusionsthiere, Weichthiere und Insekten) seien zu uns wirkliche Verwandtschaftslinien, seien aber geblieben, wie und was sie vor Jahrmillionen waren. Andere hätten sich weiter herausgebildet und vervollkommnet (zu Wirbelthieren, Rep= tilen, Fischen, Vögeln, Säugethieren), aber in so ganz verschiede= ner Weise, durch welche jetzt die höheren Thiere sich unterscheiden, daß der ehrliche Mann sie gar nicht für blutsverwandt mit einan= der halte. Als Zeugniß aber, was sie einst gewesen, tauche in dem Bildungsgange jedes Geschöpfes jetzt noch der alte Stammbaum

---

*) Gartenlaube 1868 Nr. 13.
**) Memoire sur les Microcéphales ou hommes singes.
Basel. 5½ Thlr.

wieber auf. So sei ber Schmetterling ehedem ein Schalthier, noch vorher ein Wurm gewesen. Dasselbe gelte vom Pflanzen= reiche. — Unb so sei auch des Menschen erster Ahn ein Infusions= thier gewesen, bann Weichthier geworden, bann bei sich bilbenber Wirbelsäule habe eine Linie seines Geschlechts sich zu Trilobiten, zu Fischen umgewanbelt. In ber bann folgenden Steinkohlen= formationszeit repräsentirte wieber ein von ben Fischen abstammen= ber Zweig bie Labyrinthobonten, welche nun ihrerseits wieber bie Amphibien als unsere Ahnherren abzweigten. Bis zu ber Zeit war bie Wirbelsäule nur aber erst ein Gallertstrang. Jetzt trat eine mächtige Veränderung ein! Nämlich in ber permischen For= mationszeit tritt ein Geschlecht mit verknöcherter Wirbelsäule auf; bie Reptile kriechen als unsre permischen Ahnen über bie Erbe. Enblich auf ber Grenze zwischen ber Trias= unb Jurazeit erschei= nen bie Säugethiere mit vollenbet knöcherner Wirbelsäule unb ihr entsprechenber Glieberung bes ganzen Skelettes, beutelrattige Krea= turen vorerst. — So nun aber spiegele es, wirb gesagt, noch immer ber Mensch in seiner Bilbung von ersten Anfängen an. Die Veränberungen vom Ei an sinb zunächst bei allen Thieren gleich. Balb aber zeigen sich beim embryonalen Menschen ba, von wo aus bie weitere Entwickelung vor sich geht, zwei Längs= wülste neben einanber. In beren Furche bilbet sich ein häutig um= schlossener Gallertstrang, — ber Wirbelthiercharakter hat sich gel= tenb gemacht! So etwa waren unsre Ahnen zur Zeit angelegt, als bie Steinkohlen sich bilbeten! Balb schließen sich jene Längswülste zusammen zur Rückenmarksröhre. Verknorpelung unb enblich Ver= knöcherung ber Wirbelsäule tritt ein. Ganz bie Weise, wie bie Thierarten sich in ber Vorzeit nach einanber ausgestaltet haben!

Diese Darwin'sche Theorie nun beherrscht jetzt, eben als eine Theorie ihrer Zeit, bie Naturwissenschaft mit vorwiegenber Zu= stimmung ber Fachleute unb läßt eine anbere Auffassung ber Schöpfungsgeschichte kaum zur Sprache kommen. Somit ist bie Affentheorie gar nichts lose isolirt Stehenbes, sonbern nur ein Glieb in ber Kette, unb zwar ber letzte Schlußstein ber mobernen Weltanschauung; zugleich aber auch bie scheinbar reifste Erkenntniß= frucht unserer Zeit, bie K. Vogt mit seiner brillanten Kraft einfach überallhin herabgeschüttelt hat.

Die Sache ist aber bie, baß ber Stempel ber Hypothese, ben bie Wissenschaft anerkennt, von bem eifrigen Laien übersehen wirb; bie Sache gilt biesem einfach für ausgemacht, unb es fehlt ihm kein Jota in ber Beweisführung. Was ber Volksmund längst aussprach, gilt für besiegelt von ber Wissenschaft, — ob enbgültig, bas versteht sich eben vielfach bem Laien von selber.

So will benn Vorliegenbes nichts weiter, als bie Vogt'sche Beantwortung ber Affentheorie auf bas Niveau ber Unwahrschein=

lichkeit, zur sehr fraglichen Hypothese zurückführen und auf die entschiedenen Fragezeichen weisen, die zwischen den Zeilen seiner Beweisführung anzubringen sind.

Das Vorliegende mag aber den Beweis geben, ob ich zu viel gesagt habe. Außerdem ist die Sache vielleicht es werth, auch einmal bei anderer Beleuchtung betrachtet zu werden: Ob bei dem leider nur dämmerigen Lichte, welches die Sache gestattet, nicht doch der angebliche Stammbaum sich als Wildling erweise, der nach seiner innersten Natur absolut kein anderartiges Edelreis zu treiben vermag, so daß ein anderer Ursprung aus den menschlichen Zügen uns anschaut.

Dabei habe ich zugleich im Auge, eine Versöhnung anzudeuten zwischen einer idealen Weltanschauung und einer nur die Mechanik anerkennenden Naturforschung, — die beide, wenn sie es ehrlich meinen, nichts Anderes als die Wahrheit wollen, aber, weil sie dieselbe auf verschiedenen Wegen suchen müssen, sich für feindlich halten. Es sind nun einmal die Wogen, die in der Weltgeschichte wechselsweise bald höher bald tiefer gehen und gegen einander sich brechen, aber doch zusammen dadurch erst lebendigen Wellenschlag ergeben.

2.

Daß die aufgefundenen vorweltlichen Menschenüberreste nur das hohe Alter und die frühere Culturstufe erweisen.

In der That ganz neue Grundlagen hat seit noch kaum einem Jahrzehnt die Frage nach den frühesten Anfängen der Menschheit erhalten. Dadurch erst ist dieselbe zu einer lebendigen Frage geworden. Dies Neue ist der alterthumswissenschaftliche Nachweis über das gegen alle früheren Ansichten hohe Alter der Menschheit. Ehedem haben die Menschen darüber nur ganz allgemein phantasirt; was sie scheinbar gelehrt feststellten, darin haben sie sich völlig geirrt. In unserer Zeit aber ist der Nachweis der Art geworden, daß die Resultate fernerhin von keinem noch so sceptischen Gemüthe wieder beanstandet werden können. Es sind gesicherte Acten zu Tage gefördert.

Eine Reihe stattlicher Zeugnisse ist es, welche in eine viele Jahrtausende zurückreichende Zeit weisen. Nur Einiges: Allerneuestens erst hat die Hacke der Arbeiter im Thale der Dordogne bei Eyzies die fossilen Skelette von 7 Menschen in Gesellschaft der ältesten quaternären Fauna, namentlich des Urelephanten, an's

Licht gebracht. Dazwischen waren bearbeitete Thierknochen, Ge=
räthschaften und Waffen aus Steinen, Halsbänder u. s. w. ge=
funden. Sie lebten in Frankreich in Gesellschaft des Höhlentigers,
des Rhinozeros, der Hyäne, des Urelephanten. Von den 7 Ske=
letten sind 5 gesammelt, worunter 3 mit unversehrten, und zwar
dolichokephalen*) Schädeln sich befinden. Sie sind dem Geologen
Lartet zur Untersuchung überwiesen. Grobknochige, hohe Bur=
schen sind sie gewesen und ihre Schädelhöhle hatte ein voluminö=
ses Gehirn umschlossen, — ein energischer Beweis ge=
gen die Ansicht, daß dasselbe erst im Laufe der
Zeit sich in der Menschheit so vergrößert habe.
Vogt hat sich über diesen Fund noch nicht weiter ausgesprochen;
aber es wird interessant sein, zu hören, wie er seine Ansicht fest=
halten wird, daß die früheste Menschheit kleinköpfig (mikrokephal)
und darum unintelligent gewesen sei. — Ferner die von Desnoyers
der französischen Akademie vorgelegten Reste menschlicher Hand
waren in einem Pliocän=Terrain der Umgebung von Chartres, und
zwar auf Knochen von tertiären Rhinozerossen und Elephanten
gefunden. Die Richtigkeit der Sache ist mit wissenschaftlicher
Evidenz festgestellt. — Aehnliche Handknöchelchen sind zwischen
tertiären Thierknochen im Arnothale entdeckt. — Ein ganzes Ske=
lett eines fossilen Menschen ist in dem Mergel des mittleren Plio=
cän=Terrain gefunden, und die einzelnen Theile desselben lassen
auf leibliche geistige Begabung schließen. — In denselben tertiä=
ren Ablagerungen des Mergels sind von Menschenhand bearbei=
tete Feuersteine gefunden, welche eine anderweitige Illustration zu
der thatsächlichen menschlichen Intelligenz jener Tage geben, welche
weit, weit vor der Diluvium= (Sündfluth=) Zeit liegen. Es leb=
ten Menschen, die auch das Feuer zu gebrauchen verstanden, wie
denn im Sande der Orleannais ein steinartiges Bruchstück eines
Geschirres entdeckt ist, dessen Masse mit Knochen des Mastodonten
und Dinotherium vermischt war, — ein wenn auch nicht vollgül=
tiges Zeugniß für die Gleichzeitigkeit des Menschen mit diesen der
tertiären Zeit angehörigen Thieren. Kürzlich hat man erst wieder,
wie längst vielfach anderwärts, unweit Genf Ueberreste von Renn=
thieren und dabei gleichzeitige menschliche Aufenthaltsstätten aus
der Steinzeit entdeckt.

Vor Allem aber ist zu fußen auf in Höhlen aufgefundene
Bilder von Menschen, Rennthieren, Schlangen u. s. w., welche
mit scharfen Instrumenten in Thiergeweihe geschnitten oder geritzt
sind. Die Rennthiere konnten eingeführt sein; darum hat den
allerhöchsten Werth ein Stück, auf welchem das Bild zweier neben
einander stehender Mammuthe mit roher Kunst eingerissen ist. Es

---

*) von länglicher Rautenform.

ift ganz das Mammuth, wie es unfere Gelehrten aus feinem foſ=
ſilen Skelette uns vorführen. Die Folgerung ift unabweisbar die,
daß es menſchlich begabte Menſchen gegeben zu der Zeit ſchon,
da Mammuth und Rennthier noch in Mitteleuropa lebten und
leben konnten. — Die reichliche Sammlung des franzöſiſchen
Geologen Lartet und die für einen Jeden daraus zu habenden
Gypsabbrücke ſind der authentiſche Beleg für das Alles.

Gewiß, es ſind wiſſenſchaftliche Reſultate von höchſter Be=
deutung für die Kenntniß ſonſt verſchollener früheſter Zeiten menſch=
licher Entwickelung auf europäiſchem Grund und Boden.

Die Weltgeſchichte hat einen weiten Vorſaal erhalten. Ge=
heimnißvoll in ſeinen Anfängen zieht da das alte Geſchlecht der
Steinzeit an uns vorüber, — Menſchen wie wir, auf der
Stufe elementarſter Cultur, aber, wie aus den Schädeln erſichtlich,
gar nicht mikrokephal, ſondern mit voluminöſem Gehirn. Ihnen
folgen in ſchwankender Zeitenferne die Völker der Bronzezeit,
ein derber Schlag, Ackerbauer, auch kunſtvolle Meiſter in Erz und
anderen Stoffen; das Metall zur Bronze holten ſie ſchon aus den
Zinngruben von England herüber. Ihre Dauer reicht hinein bis
in die hiſtoriſche Zeit der homeriſchen Helden, und ſie hielten ſich
abſeits von der Straße neuer Cultur noch z. B. in den Galliern,
die Cäſar beſiegte.

Nun erklärt es ſich aber aus dem Intereſſe, welches die Frage
nach den allererſten Anfängen der Menſchen zu erregen vermag,
und desgleichen aus der überraſchenden Neuheit der alterthums=
wiſſenſchaftlichen Nachweiſe, daß die wiſſenſchaftliche Speculation
alsbald mit der bloß culturhiſtoriſchen Ausbeute ſich
nicht begnügte. Sie knüpfte daran an und behauptete:

    1) wenn der Menſch als ſo alt nachgewieſen ſei, ſo werde
        ſein Stammbaum noch älter ſein, und

    2) wenn die älteſten Menſchen auf niedriger geiſtiger Stufe
        ſtanden, ſo werden ſie vordem noch niedriger geſtanden
        haben, — ja ſich aus dem Thierreiche ſelber erſt ent=
        wickelt haben.

Dieſe Vermuthung wurde noch verlockender. Die Natur=
wiſſenſchaft hat die Aufgabe, das Geſetzliche der Welt überall zu
conſtatiren. Daher das ſelbſtverſtändliche Drängen, nun alles
Daſein auf ganz natürliche Weiſe zu erklären.

So ſetzte die Anſicht vom Menſchen correct in die Darwin=
ſche Verwandlungslehre ein, welche die ganze organiſche Welt
im Lichte der Abſtammung ſchauete.

Gewiß verführeriſch iſt die Folgerung 1 und 2 aus der ein=
fachen Thatſache, daß die Menſchheit ſehr alt, um ſo verführeri=
ſcher, da der Nachweis ſolches früher nicht geahnten Alters nagel=
neu iſt. Liegt es doch tief in der Natur des Menſchen, bei jeder

neuen Errungenschaft sich gleich in weitschweifendsten Aussichten zu ergehen, um so mehr, je träumerischer sie sind.

Und doch: sind wir für unsere Frage durch jene Nachweise im Wesentlichen weitergekommen, auch nur um einen Schritt? In nichts Anderem, als daß wir die Existenz des Menschen um einige Jahrtausende weiter hinaus verlegen!

Ueber den wirklichen Anfang der Menschheit aber tappen wir im Dunkeln wie zuvor. Die ältesten Spuren zeigen uns ja nicht h a l b menschige Skelette und Schädel, und die sie begleitenden Werkzeuge und Geschirre und die Schädelformen zeigen uns den Menschen auf der Stufe einer geistigen Befähigung, durch welche sich der Mensch eben von der thierischen Intelligenz prinzipiell unterscheidet. Es sind Alles in Allem auf nicht den entferntesten Thatsachen beruhende Vermuthungen, wenn man etwa jene Töpfer=gefäße, unweit deren man Reste von Mastodonten, Dinotherien, Acerotherien, Rhinozerossen und von e i n e m A f f e n (Pliopi=thecus antiquus) gefunden, — wenn man sie einem Halb=menschen zuschreibt, der von diesem Pliocän=Affengeschlechte jüngst abgestammt sei. Wovor sich denn auch die allermeisten Natur=forscher alles Ernstes verwahren.

W o d u r c h könnten die thierischen Stammahnen nun Men=schen geworden sein? das ist eine heikelige Frage. Die Sache s c h e i n t aber einfach. Es heißt, als ob es ganz selbstverstänblich wäre: Nun, durch die Cultur war der Geist zuerst aufgeblitzt und durch sie zugleich das schöne Ebenmaß der Glieder ausgebildet. Aber, das sei die bescheidene Frage: wodurch war die Cultur denn möglich, ehe Geist war, da sie doch eine geistige Errungenschaft ist und von ihr erst die Rede sein kann, wenn wirklich geistiges Leben schon vorhanden ist? Die Cultur ist erst Product des Gei=stes! Seltsam, es soll der Geist durch etwas geweckt sein, was selber doch absolut durch ihn erst möglich wird. Der Ast, den der Gorilla kunstlos abbricht und führt, zählt unter einen ganz andern Begriff. Es ist der Gorilla dadurch auch noch nie geistig weiter gekommen. Aber nimmt man den Begriff Cultur noch so niedrig an, rechnet darunter schon das bewußte Zuspitzen von Kiesel=steinen, doch gewiß eine geringe Cultur, — selbst sie ist ohne den selbstbewußten Geist nicht denkbar. E r s t der Geist und d a n n die Cultur, — den Beweis, daß es anders möglich sei, ist Vogt uns schuldig. Die Lösung wäre zu hören!

Genug, die Cultur kann den Menschen nicht zum Menschen erst gemacht haben, so sehr auch späterhin Geist und Cultur sich gegenseitig förbern konnten. Die uns umgebenden Thiere, welche seit Jahrhunderten und Jahrtausenden von menschlicher Cultur beleckt werden, ja reichlich sehen, hören, sind geistig unberührt da=

von geblieben. Was ist's aber dann, was aus dem Gehirne un=
serer thierischen Ahnen den Geistesfunken schlug?!

Wir können anstatt an die Scylla eines erziehlichen Cultur=
einflusses allerdings uns auch an die Charybdis eines biologisch
nothwendigen Gehirnwachsthums halten. So hat es zur Stützung
der Vogt'schen Anschauung eine scheinbar imponirende Darlegung
in der Zeitschrift „Aus der Natur 1868, Nr. 32 und 33" in
Vorschlag gebracht.

Warum soll nämlich das Affengehirn nicht einmal besonders
anwachsen, als solches sich vererben können und damit geistes=
tüchtiger werden! Der Anatom gesteht schon: das geht nicht so=
gleich! Nämlich es findet beim Affen eine das Wachsthum des
Gehirnes hemmende, zu frühzeitige feste Verbindung der Schädel=
knochen statt. Darum, weil die Muskeln, welche die starken Un=
terkiefer mit den colossalen Eckzähnen kräftig bewegen, am Schä=
del weiter hinaufrücken und an ihm einen festen Ansatzpunkt su=
chen, dadurch erhärten sich die frühe angestrengten Schädelknochen
sehr bald. Es war also zur Vermenschlichung ganz nothwendig,
daß die Unterkiefer schwächer wurden und die Kaumuskeln weiter
herabtraten. Was, heißt es, war leichter! Die mächtigen Eckzähne
(wie sie Gorilla und Orang noch haben) waren — von einem
früheren fleischfressenden Thiere noch vorhanden. Das neue Ge=
schlecht hielt sich aber an Pflanzen. Nach dem Naturgesetze nun,
wonach keine Creatur etwas Ueberflüssiges auf die Dauer behält,
verringerten sie sich zu den kleinen menschlichen Eckzähnen, die Un=
terkiefer wurden schwächer, die Kaumuskeln rückten herab, — der
Schädel konnte sich fortan weiten, das Gehirn also wachsen. Nun
mußte es auch menschengeistig phosphoresciren!

Aber zunächst: warum haben die ja pflanzenfressenden Go=
rilla und Orang jene Eckzähne und Unterkiefer u. s. w. trotz jener
Gesetze — und Naturgesetze sind unerbittlich — noch immer? Ist
die Menschheit, und vor Allem damals, vegetarisch gewesen? Die
ältesten Spuren von menschlicher Lebensweise erweisen das gerade
Gegentheil. Soll das Naturwissenschaft sein?! Gewiß, die
Umbildung der Unterkiefer und deren Vererbung zeigt sich gerade
dadurch in ihrer ganzen Unwahrscheinlichkeit!

Und wodurch soll das Gehirn, nun es in dem langsamer sich
schließenden Schädelknochen Spielraum erhalten, sich vermehrt ha=
ben? Es wird uns die Antwort: 1) durch beginnende Sprechfähig=
keit, — die doch aber gleichzeitige Bildung von Sprechorganen
und auch doch ein schon vergrößertes Gehirn voraussetzt. Einfach
ein handgreiflicher Zirkelbeweis! 2) Ein aufrechter Gang führte
zur Gründung fester Wohnsitze, — wodurch das Affenthier doch
aber nun erst mit den meisten anderen Säugethieren auf gleiche
Stufe gebracht war. 3) Durch die Abschwächung der Geschlechts=

organe in Folge regeren Geisteslebens war die erste Bedingung geordneten Familienlebens gegeben. Eine Behauptung, deren Richtigkeit nicht nur die tiefe Geistesstufe der Urzeit, sondern auch die leibliche Geschlechtstüchtigkeit der geisteshohen modernen Zeit kaum zu widerlegen braucht.

Nun soll ein anderes Gesetz sich geltend gemacht haben, daß nämlich die Organe, welche abnorm stärker sich zu entwickeln begonnen haben, in dieser Entwickelung stetig fortschreiten. So habe das menschliche Gehirn nach dem Principe der Zinsrechnung sich stetig vergrößert, indem der Nahrungszufluß dahin sich in immer vollerem Maaße drängte. Zunächst aber, meine ich, wird damit ohne Grund eine allerdings zu constatirende Erfahrung am Individuum für die Gattung, an Muskelpartien u. s. w. für das Gehirn geltend gemacht. Anderntheils behaupte ich mit demselben und nachher noch zu begründendem Rechte, daß das geistige Wachsthum es sei, welches das Gehirnwachsthum als seine stoffliche Kehrseite nach sich ziehe.

Ob darum der Mensch auch aus der Pliocänzeit stammt, ja mag er selbst aus der mittleren Tertiärzeit und noch höher hinauf nachgewiesen werden, — uns bekannt ist doch nur d e r M e n s ch, und aus seinem Schädel und seinen Arbeiten ist er als geistiger Mensch erwiesen. Er ist da nicht affenähnlicher gewesen, als jetzige culturlose wilde Völker, mögen wir die Zähne oder die Kiefer oder den Schädel vergleichen.

Wenn die Wissenschaft gewissenhaft als solche die Paradieseserzählung und goldene Sagen auch bei Seite setzt, weil sie davon nichts weiß, ja ihre Resultate davon nicht einmal dunkel etwas ahnen; und wenn sie den Menschen aus schlichten menschlichen Anfängen nur allmälig vervollkommnet sieht — wo liegt nach den alterthumswissenschaftlichen Auffindungen e i n G r u n d vor, den Stammbaum des Menschen in der Thierwelt wurzeln zu sehen?

Es fragt sich darum des Weiteren, ob aber sonstige Gründe (Aehnlichkeit, Rückschläge u. s. w.) die z u n ä ch st unbegründete Behauptung zulassen oder gar nothwendig machen.

3.

Daß Affe und Mensch freilich sich sehr ähnlich seien, aber doch nur bis zu einem gewissen Grade.

Die vergleichende Anatomie hat das Bedeutende geleistet, mit Witz und Scharfsinn bewiesen zu haben, daß der menschliche Körper nach demselben Grundplane als jedwedes Thier angelegt ist.

Die Einheit bei der größten Mannichfaltigkeit ist vom Men=
schen bis zu den wirbellofen Infekten und Weichthieren hinab umfassend
nachgewiesen. Dabei nennen wir d i e Geschöpfe sich am ähnlichsten,
bei denen die Einheit die Abweichungen am meisten verdrängt.
Darum stehen manche sich näher, manche ferner, bei manchen
bedürfte es nur einer ganz winzigen Abänderung, um sie gleich
zu machen, wie etwa ein Sternchen mehr auf den Achselklappen
einen Lieutenant in einen Hauptmann verwandelt. Die Frage ist
nur die, ob die Veränderung in der Natur sich mit derselben
Leichtigkeit macht, — oder ob die Geschöpfe ihren Charakter von
ehedem gehabt und consequent bewahrt haben.

Die Aehnlichkeit des Menschen nun mit andern Geschöpfen,
vor Allem mit dem Gorilla, dem Orang, dem Schimpanse fällt
dem äußerlichen Beschauer schon auf; aber die Anatomie hat diese
Aehnlichkeit selbst im Schädelbau, im sonstigen Knochenbau, selbst
im Vorhandensein aller der Gehirnpartien, die das menschliche
Gehirn enthält, nachgewiesen. Da der Mensch nun, bei rein
rationeller Betrachtungsweise, nicht wie die Minerva aus dem
Haupte des Jupiter gleich wie er leibt und lebt aus einem Natur=
prozesse hervorgegangen sein kann, so muß er sich auf einfachere
Geschöpfe zurückführen lassen, die bei endlofer Umbildung zuletzt
auf eine Urzelle zurückdeuten. Die Vogt'sche Theorie will nun
behaupten, daß nur kleine Abänderungen, gewissermaßen nur ein
Federstrich nöthig gewesen sei, um das Bild eines Uraffen oder
eines früheren affenähnlichen Thieres in das Bild eines Menschen
umzuwandeln. D a ß n u n a b e r d i e A e h n l i c h k e i t a u f A b =
s t a m m u n g d e u t e, i s t d a s E r s t e, d a s i n d a s B e r e i c h
d e r b l o ß e n V e r m u t h u n g f ä l l t. Noch ist nirgends
beobachtet worden, daß eine Affenmutter eine andere Affenart
geboren habe, überhaupt ein Thier oder eine Pflanze ein Wesen
anderer höherer Art, geschweige denn einen noch so entarteten
Menschen. Von dem behaupteten Urthiere ist noch keine vorwelt=
liche Spur gefunden, so reich die tertiären Erdschichten an Fossilien
aller Art sind. In Australien giebt es nicht einmal Affen oder
nur ähnliche Säugethiere; soll dort der Mensch von dem Känguruh
geworden sein, dessen Körperbau himmelweit verschieden vom affen=
artigen ist? Es hätte höchstens ein Mensch von total anderer Art
daraus sich bilden müssen, denn das Känguruh ist nichts Anderes
als eine große Beutelratte.

Darwinianer haben aber diese Abstammung befürwortet, weil
der andere Ausweg, daß der Australier von einer Einwanderung
des Menschen aus Hinterindien herzuleiten sei, ihnen noch weniger
erweisbar war. Sollte nämlich die Umwandlung der malaischen
Race in australische Papua=Neger sich vollzogen haben, so hätten
nach unseren geschichtlichen Erfahrungen bloße Jahrtausende doch

nicht genügt. In undenklich früher Zeit, in welche die Einwande=
rung gefallen sein müßte, war doch aber die Cultur nachweislich,
wie in unserer Steinzeit, von elementarster Art. Und Fahrzeuge,
die durch den indischen Ocean fahren sollen, verlangen mehr als
ganz elementare Cultur. Außerdem, daß sich Menschenraçen je
prinzipiell in Farbe u. s. w. noch verändert hätten,*) dafür lie=
gen nicht die leisesten geschichtlichen Belege vor, — nur Gegen=
beweise! — Daß aber Aehnlichkeit mit Abstammung
gleichbedeutend sei, nimmt die heutige Naturwissenschaft hin,
als könnte es nicht anders sein, obgleich die ganze Darwin'sche
Theorie nichts Anderes dafür anzuführen weiß, als: 1) daß Mensch
und Thier eben ähnlich sind, 2) daß die Erde vordem niederere
Geschöpfe trug und in allmäliger Steigerung vollkommenere aufweist,
und 3) daß die Geschöpfe einer Art sich doch nie ganz ähnlich
sehen, kein Baum dem andern, kein Mensch dem andern ganz
gleich ist, ja daß manche Thiere und Blumen (etwa die Primel,
Kohl, Rose) Spielarten bilden. Aller Einwurf wird aber souve=
rän abgeschnitten durch den unbewiesenen Satz, daß die Welt nur
durch sich selber und durch ein in sich mechanistisch nothwendiges
Geschehen zu erklären sei. Das mit dieser Voraussetzung zu Stande
gebrachte Resultat wird trugschlüssig nun in einem Athem als
bewiesene Voraussetzung nachdrücklich betont. Was erst bewie=
sen werden soll, das dient also als Voraussetzung zum Beweise.
Allerdings die Wissenschaft als solche muß mit jener Voraussetzung
an's Werk gehen, daß sich Alles aus sich selbst erklären lasse,
und es weht ja auch eine wunderbar genaue Hausordnung durch
die Welt; aber etwa in Anwendung auf Aehnlichkeit als gleich=
bedeutend mit Abstammung darf sie darum ihren Resultaten nur
den Charakter der Vermuthung, der Möglichkeit geben.

Aber die Aehnlichkeit zwischen Mensch und Affe selbst ist auch
so ganz groß nicht. Der Knochenbau ist in den Längenverhält=
nissen und in der Ausbildung vielfach verschieden, aber es ist das
immerhin noch keine so recht principielle Verschiedenheit; auch
unter den Menschen variirt der Knochenbau eine ganze Skala hin=
durch. Die interessanten von Scherzer und Schwarz auf der
Fahrt der österreichischen Fregatte Novara an den verschiedensten
Menschenraçen vorgenommenen Größenmessungen von deren Glied=
maßen, vor Allem die Feststellung des Größenverhältnisses der
Hände, Arme und Beine zur Körpergröße, sollten ergeben, in wie
weit die einzelnen Raçen sich vom Affen (Orang) entfernen. Ueber=
all aber stellte sich ein totaler Unterschied gegen diesen heraus.
Die annähernden Aehnlichkeiten betrafen bei den verschiedenen
Raçen je verschiedene Theile: so haben die Europäer, die doch vom

---

*) siehe Capitel 5 über die dafür auch mangelnde Stammbaumwiederholung.

Affen am entferntesten stehen sollen, die affenähnlichsten Beine und die für die Armlänge kurze Hand; etwa in Betreff der Größe des Handrückens stehen wieder die Asiaten und Polynesier dem Orang näher.

Diese Vergleichung mit dem Affen ist's, worauf Vogt zunächst fußt, um zu behaupten, daß der Mensch ja jetzt noch anatomisch verwandte Brüder im Thierreiche habe und daß unsere letzten thierischen Urahnen solchem Affen werden ähnlich gewesen sein, wie denn die Rückschlagsform der Affenmenschen (Mikrokephalen) dahin deute. — Aber ist die Aehnlichkeit zwischen Mensch und Affe denn so groß? die Abweichung ist viel charakteristischer als zwischen den Menschenraçen, und ein Anatom giebt bei einem vereinzelten Knochen albald lächelnd an, ob er dem Affen= oder Menschenvolke entstamme. So ähnlich wie vor dem oberflächlichen Beschauer Gorilla und Neger sind, sind ihre Skelette vor dem vergleichenden Anatomen eben durchaus nicht. Vor Allem aber der A f f e n = s c h ä d e l ist anders gebildet und besonders die thierischen Theile des Kopfes, besonders die Kiefer sind viel stärker entwickelt. Daß aber alle Lebewesen nach demselben schönen Grundmaße angelegt sind, — stimmt dieser Umstand nicht ebenso trefflich mit der Annahme einer durch Schöpfergedanken in schönem Ebenmaß gegliederten Weltordnung.

Welcher Grund ist so vorhanden, im Hinblick auf den Affen zu sagen, daß der Mensch aus dem Thierreiche stamme wegen seiner entfernten anatomischen Aehnlichkeit mit einem jetzt noch lebenden Thiere? Die ältesten menschlichen Schädel haben ja doch keine viel andere Bildung als die von jetzt noch lebenden, ganz uncultivirten Völkern, die wir doch mit Fug und Recht als vollgültige Menschen coursiren lassen. Aus Aehnlichkeit auf Abstammung zu schließen, ist eben nicht wissenschaftliche Forderung, sondern ganz willkürliche Hypothese. Aber den Beweis für dieselbe soll die Darlegung der ältesten menschlichen Culturstufen bieten, wie sie uns die in Höhlen und Tertiärschichten aufgefundenen Reste nachweisen. Ein seltsames Beweismittel! Für jene Hypothese beweisen diese nichts; nur, daß die ältesten uns bekannten Spuren vom Menschen ihn als ganz uncultivirtes, niedrigst menschlich organisirtes m e n s c h l i c h e s Wesen dokumentiren. Darüber hinaus verliert sich jeder noch so leise Nachweis eines nahe verwandten fossilen Wesens, dem er entstammen könnte, — jede Spur eines weiter hinauf reichenden Stammbaumes.

Immerhin aber! Wir kommen im Folgenden zu fragen, ob des Weiteren ein Nachweis vorhanden sei, daß der Mensch bei aller anatomischen Aehnlichkeit sich vom Thier durch irgend etwas unterscheide, was er auf keinen Fall durch Abstammung überkommen haben könne.

4.

Daß ein absolut unübersteiglicher Unterschied stattfinde: das ist die Eigenthümlichkeit des menschlichen Geistes.

Als durchgreifende Verschiedenheit, die eine ewige Kluft zwischen Mensch und Thier bilde, ja durch welche jede Verwandtschaft in Abrede gestellt werde, ist von jeher geltend gemacht worden, — daß der Mensch eben Mensch sei, d. h. Persönlichkeit habe, etwa Denkvermögen, Vernunft. Genau gesagt, er sei ein selbstbewußt schaffendes und innerlich freies Wesen. Die Sprachforschung belehrt uns, daß dies von Anbeginn das Urtheil der Menschen über sich selber gewesen ist. Das Wort Mann, Mensch bezeichnet den Menschen, ihn im Innersten charakterisirend, ursprünglich als Denker; nämlich die indogermanische Wurzel man — davon auch das deutsche Wort „Minne“ — bedeutet „denken“. Diesem geistigen Worte liegt allerdings eine sinnliche Anschauung zu Grunde; es steht in Klang= und Namen= und Sinnverwandtschaft mit mâ „messen, tasten“, in welchem Sinne dies noch im lat. manus und im franz. main enthalten ist. Daraus erhellt uns aber, in welchem Sinne man als denken zu verstehen ist. Es ist in der sinnlichen Urbedeutung eben angedeutet, worauf das Denken, dieser Charakterzug des Menschen, beruhe: auf nichts Anderem als auf einer geistigen Fühlung und Beherrschung, indem das Wogen der Dinge um uns her vor dem tastenden, messenden Geiste sich legt und ordnet, das Zusammengehörige herauserkannt, unter Gattungsnamen gebracht und nach seiner Beziehung zum Ganzen und zum Einzelnen gemessen wird. Durch das Namengeben, die Sprache, wird das besiegelt und offenbart. Der Name, mit dem ein Ding in seiner Besonderheit und, was das eigenthümlich Ideenhafte ist, doch — da alle Namen und Wörter von allgemeinen Ausdrücken, von Zeitwörtern herkommen — in seiner Allgemeinheit erfaßt wird, ist das Merkmal der Erkenntniß. Ist doch das Wort „Name“ von der indogermanischen Wurzel gnâ „erkennen“ herzuleiten und bedeutet somit „Erkennung“. Der armseligste Wilde spricht und bezeichnet die Dinge bewußt mit Namen, aber der pfiffige Rabe hat keine Ahnung davon, was seine Plapperworte bedeuten.

Auch das Thier kann empfinden, sich erinnern, reflectiren, scheinbar selbst Tugenden haben: Dankbarkeit, Mutterliebe, Treue. Die feine und vorurtheilslose Naturbetrachtung neuerer Zeit hat dem Thierleben frappante seelische Züge abgelauscht, wie sie vordem nur von äsopischen Dichtern, die der Vogelsprache kundig waren, zur Belehrung und Kurzweil berichtet und nur von kindliche Gen-

müttern hingenommen wurden. Unter Anderen hat die „Garten=
laube“ das schöne Verdienst, Berichte über seelische Züge der Thiere
aufgenommen und verbreitet zu haben. Die Dichtung ist zur halben
Wahrheit geworden. Der gefangene Erzschelm, der sich todt stellt,
um in gutem Augenblicke dem Jäger zu entwischen, zieht seine Ge=
dankenfäden ganz prächtig um alle möglichen Umstände, durch die
er entrinnen könne. Die Thiere wissen sich zu helfen, wie man
sagt. Gewiß, die Klugheit, die witzige Benutzung der Umstände
hat das Thier annähernd mit dem Menschen gemein, ganz wie es
körperlich an Auge, Ohr u. s. w. ihm ähnelt. Warum soll der
Mensch apart auch Alles haben wollen! Derselbe Grundzug geht
einmal, tiefsinnig genug, durch alle Lebewesen dieser Erde. Um so
verständnißinniger und darum liebender blickt der Mensch auf seine
Mitgeschöpfe. — Aber machen Klugheit, ränkevolle List wirklich
das Menschheitliche aus, die menschliche Persönlichkeit? die keimt
und blüht und reift eben auf anderm Grund und Boden! Der ist
die freiwaltende Schöpferkraft im Idealen, dieser gott=
ebenbildliche Characterzug im Menschen. Das ist kein
im Zwielicht schwankendes Wort.

Blicken wir nur auf sein Verhalten gegen sich und gegen An=
dere: es schafft der Mensch sich da seine eigene Weise, die unab=
hängig ist vom Zuge der Natur, wo er nämlich menschlich handelt.
So handelt das Thier nie, weil es nicht kann; aber jedes Men=
schenwesen handelt doch wenigstens ab und zu so: frei, sittlich. Er
ist der Thäter seiner Thaten. Er hat sich seine sittliche Weltan=
schauung geschaffen und handelt danach, weil er will. Er handelt
nach Grundsätzen, mögen diese ursprünglich in ihm liegen (das
Gewissen) oder denkend erworben sein. Handelt er, dem Naturzuge
folgend, dawider, so fühlt er sich in Conflict mit sich selber.
Dadurch entwickelt sich die menschliche Persönlichkeit auf ethischen
Wegen. Das Thier aber handelt wie es durch die Umstände oder
durch die Triebe gedrängt handeln muß — nur zu oft freilich auch
der Mensch. Von einem Conflicte auch weiß es nichts: es kann
nicht bereuen, nicht über sich selbst sich betrüben, kann nicht eine
That ungeschehen wünschen, — kurz, es ist kein sittliches Wesen.
Von Tugenden der Thiere können wir darum auch nur vermensch=
lichend sprechen. Selbst das Winseln des Hundes und sein Hun=
gertod am Grabe des Herrn wie die Dankbarkeit des Löwen des
Androklus sind nur der critiklose Naturzug des Blutes oder das
Gefühl der Abhängigkeit ohne sittliche Entscheidung. Es ist darum
etwas ganz Anderes der Ruf der römischen Legionen: morituri,
Caesar, te salutant! Diese sittliche Critik im Handeln ist nicht
nur ein leichter Federstrich im menschlichen Character, sondern ein
Grenzstrich, bei dem ein ganz anderes Schöpfungsthema beginnt.

Blicken wir ferner darauf, wie die Dinge der Welt durch's Auge im menschlichen Geiste sich spiegeln. Da weist des Menschen Persönlichkeit auf denselben aparten Grund und Boden: auf seine freiwaltende Schöpferkraft. Es streift der Mensch nämlich beim Denken den Dingen ihre Ideen ab und schafft dadurch jene selber sich ein, schafft sie sich gewissermaßen von neuem. Aber das schöpferische Spiel geht darüber hinaus noch: in genialer Thätigkeit schafft er mit Kunst und Wissenschaft neue Ideen und weiß sie irgendwie zu realisiren. So ist der Mensch wirklich Denker, indem er durch die schöpferische Denkkraft die Welt sich innerlich unterwirft, sie begreift, und sie als einen Neubau geistig in sich aufbaut, daß sie wirklich seine Welt wird. Dem Menschen nur ist Alles licht in seinem Lichte! Die Schöpferkraft offenbart sich also darin, daß er der Ideen fähig ist. Das ideenvolle Denken ist aber nicht bloße Steigerung einer thierischen Seelenthätigkeit, sondern da ist ein Sprung zu etwas ganz Anderem.

Ob aber das Thier nicht auch Ideen haben könne? Wir sehen auf die Spinne, die ihr Rad webt, auf die Biene bei ihrem Zellenbau und ihrer Fürsorge, auf den Biber, der wie ein Zimmermann seinen Bau zusammenfügt, auf den Vogel, der sein Nest sich flechtet. Das sind doch wahrhaftig Ideen, oder was sonst denn? Es ist ein dunkles Wort „Instinct", bei dem allerdings kein Weiser und kein Thor sich etwas denken kann, das sich glücklich aber einstellt, wo die Begriffe fehlen. Sollten da nicht an seiner Statt immer mehr seelische, ja menschengeistige Vorgänge uns dämmern in der erbärmlichsten Creatur? Die Thiere glichen danach etwa den Arbeitern, von denen gilt: Uebung macht den Meister. — Aber in's Reine ist die Sache mit dieser scheinbaren Selbstverstänblichkeit nicht gebracht. Ideen sind es gewiß, was jene Thiere realisiren, aber es ist die Frage nur, ob sie einer freien schöpferischen Kraft des Thieres entstammen oder nur auf analoger Linie stehen etwa mit dem Gehen der Füße, das doch von Geist noch kein Zeugniß giebt. Seltsamer Weise muß nämlich der Mensch sich alle seine Kunstfertigkeiten erst mühsam erobern durch Kinderschuhe, Schulbänke und Lehrjahre hin; aber den Thieren liegen sie schon in der Wiege bei, und sie werden darin nicht vollkommener, ob sie auch wie mancher Vogel steinalt werden. Es giebt ferner keinen Geschickten und Ungeschickten unter ihnen: die Räder der Spinne sind alle wie nach derselben Schablone gefertigt. Dabei baut jede Art von Vögeln u. s. w. auf eigene Weise. Sollen sie, ohne daß die in Amerika und Europa sich kennen, durch Nachdenken auf dieselben Ideen gekommen sein? Durch Nachahmung können die Instinctthiere ihre Kunst auch nicht erworben haben, denn im Brütofen zur Welt gekommene und dann separat gehaltene Vögel baueten ihr Nest ganz tabellos ebenso. Nichts als Vererbung vielleicht! Soll sich die Wahl des Stoffes aber, die Art des Flechtens, der Anheftung, die genau abgemessene Vertiefung u. s. w. vererben? Als ob sich bei Vererbung musikalischen Talentes bei Menschen auch bestimmte Melodien und Texte gleich vererben sollten, oder des Malers Sohn durch Erbinstinct ganz auf die Bilder seines Vaters kommen könnte, ja müßte. Die Kunst-Ideen sind den Thieren von derselben Hand als Nothwendigkeiten eingedrückt, welche ihnen die Organe zu deren Ausführung lieh. Idee und Körperbau sind einander entsprechend geschaffen, wie denn die Spinne sonst die Gespinnstdrüsen, die kämmigen Füße u. s. w. vergeblich hätte, wenn sie nicht spinnen müßte, und wie der Vogel vergeblich Schnabel und Flügel hätte, wenn er nicht fressen und fliegen wollte. Andererseits sind die Kunsttriebe die Bedingung für die Existenz. Der Vogel muß sein Nest haben mit derselben Nothwendigkeit fast wie er fressen muß, um zu leben. Um deswillen, meine ich, wirft der Kunsttrieb kein Streiflicht auf die geistige Fähigkeit, sondern er ist nur der unbewußte Naturzug.

Ob sich aber die Thierwelt nicht wenigstens in einzelnen Individuen zu eigenen Ideen versteigen könne? Aber gewiß nicht! Von dem Augenblicke an, wo die leiseste Spur nur dämmerte, würde das Thier geistig sprechfähig sein. Wo hat aber je ein Thier durch articulirten Laut oder nur Andeutung desselben einen Gegenstand bezeichnet? Fast alle thierischen Töne sind nur Variationen vom Schreien des Kindes, wodurch ein Eigenbefinden sich laut macht.

Selbst der Wächterton der Gemse, das Anschlagen des Hundes und das Brunstgeschrei des Hirsches sind Kundgebungen, die nur durch uns in Worte sich übersetzen lassen, indem wir mit unserm Selbstbewußtsein uns in ihre Lage setzen. Das Uebersetzen thierischer Laute und Handlungen in Worte scheint so leicht, nur ein Schritt zu sein. Und doch ist's in gleichem Maße und aus gleichem Grunde dem Thiere unmöglich, als wollte der Mensch das innere Wesen der Stoffe und Kräfte der Natur, das Geheimniß der Zeugung und des Wachsthums, Anfang und Ende von Raum und Zeit, kurz Sachen, die wir nicht verstehen, in Worte fassen. Das will sagen: jede Erkenntnißstufe (also der Thiere, des Menschen und meinetwegen höherer Geister) bringt eine neue Ausdrucksweise. Von dieser aber können wir wieder einen Rückschluß auf das Erkenntnißvermögen machen und in unserm Falle sagen: das Thier hat keine ideenschaffende Kraft, — das ist der principielle Unterschied vom Menschen.

Darum ist aber der Mensch der Religion fähig, durch die wir die ganze Welt und uns selber aus logischer Nothwendigkeit von Einer großen Ursache abhängig wissen. Es ist der Mensch ber Wiſſenſchaft fähig, der allerungebildetſte doch z. B. der Zahlenbegriffe. Es kann der Menſch über ſich ſelber denken; das Thier kann nicht über ſich, über ſein Glück, ſeine Wünſche, ſeine ferneren Hoffnungen, über ſein Ende denken; nur für ſich denkt es, wenn es nach Speiſe ausgeht.

Man antworte ſich nur auf die Fragen:

Warum kann das Thier nicht zählen?

Warum nicht religiös ſein?

Warum nicht einmal lächeln?

Dazu kommt das nur vom Menſchen zu betretende Reich der Darſtellung, der Kunſt, wo es gilt, auch im Bilde die Ideen wiederzugeben, neuſchöpferiſch zu werden. Wir ſteigen nicht auf die Höhen der geſchichtlichen Menſchenjahrhunderte, wo Griechen und Germanen die vereinzelten Schönheitszüge der Natur erlauſchten und zu neuen idealſten Geſtaltungen verbanden. Spuren auch der Schönheitsidee aber hat der elementarſte Wilde, der ſich und das Seinige ſchmückt. Die bildlichen Darſtellungen auf Thiergeweihen, welche aus den Zeiten uns überkommen ſind, als noch Rennthier und Mammuth in Mitteleuropa lebten, ſind uns ein Denkmal, daß die geiſtige Auffaſſung der Dinge damals ſchon vorhanden war. Züge der Kunſt ſelbſt erkennt Vogt jenen Darſtellungen ſchon zu. Das intelligenteſte Thier thut und kann das nicht, weil es die Dinge nur ſinnlich anſchaut, aber nicht geiſtig begreift und darum auch b i l d l i c h ſo wenig davon Rechenſchaft geben kann als durch den K l a n g der S p r a c h e. — Wo hätte ſchon einmal ein Thier etwas betrachtend angeſehen! Der Vogel freut ſich, wenn er ſich im Spiegel ſieht, aber er glaubt nur, einen andern Vogel zu ſehen. Das Thier geht, als ob es nichts ſähe, ſelber an den brillanteſten Bildern vorüber. Das kluge Roß Alexanders wieherte nur aus Täuſchung vor dem Bilde des Apelles. Aber vor einem Bleiſtiftgekritzel bleibt das Kind und der Wilde mit inniger Freude lange ſtehen. Ja, ſie ſuchen beide durch Wort und Bild die Gegenſtände ſelber wiederzugeben.

Und ſo antworte man ſich auch auf d i e Fragen:

Warum hört das Thier höchſtens auf den Ruf, aber vermag keine Bezeichnung eines außer ihm liegenden Gegenſtandes durch Wort oder Zeichen zu begreifen, geſchweige denn ſelber zu geſtalten?

Warum bleibt das Thier vor keinem Bilde beſehend ſtehen?

Warum vermag es nicht einmal eine Blume zu betrachten und ihrer ſich zu freuen?

Aber es iſt die geſammte Ideenbildung keine mechaniſche Weberarbeit! Wir müſſen darum noch einen Schritt weiter! Das Wahre, Gute und Schöne könnte vom Menſchen nicht empfunden, begriffen werden, wenn die Richtung darauf ihm nicht angeboren wäre. Das sokratische Wort will nur richtig verstanden sein: alles Erkennen ist nur ein sich Erinnern. Alles Erkennen setzt eben eine innere Welt voraus, die aus — wie sollen wir sagen — Ahnungen, Ideenkeimen zusammengewoben ist. Und diese suchen in der Welt und im Leben ihre Verwirklichung. Veranschaulichen kann es das Gleichniß vom Samenkorne, das ahnungsvoll die blühende Pflanze schon in sich trägt. So ist der Mensch z. B. für Harmonien geschaffen und sucht diesen Trieb im Reiche der Töne oder der göttlichen Weltordnung u. s. w. zu befriedigen, um das, was er hat, immer mehr zu haben, was er ist, bewußt immer mehr zu werden. Dem thut's keinen Abbruch, es ist vielmehr eine Bestätigung, daß dabei ein Jeder das am Besten begreift, und vor Allem ausbaut, wohin der eingeborene Trieb ihn vornehmlich weist, ein Schiller die sittliche Welt und die Beziehungen der Schönheit, Vogt den Naturzusammenhang. So ist die Mannigfaltigkeit der Anlagen das, was den Menschen vom Menschen unterscheidet, die Anlage und deren Entwickelungsfähigkeit das, was den Menschen vom Thiere trennt und durch höchste Steigerung thierischer Intelligenz nicht zu Stande käme. Könnte denn pflanzliche Sensitivität jemals thierisches Seelenleben ergeben? Pflanzliche Sensitivität ist aber durch keine größere Kluft vom thierischen Leben getrennt, als letzteres vom menschlichen Geiste. Es scheint nur darum dieser aus jenem entstanden zu sein, weil nach schöner Ordnung der Natur das Höhere jedesmal das Niedere in sich schließt. „Alles Thier ist im Menschen", gewiß, — daß aber darum aller Mensch aus dem Thiere sei, kann nur eine Logik des Witzes so meinen.

So hat der Mensch Alles in Allem in der Gedanken- und Thatenwelt voraus die freiwaltende Schöpferkraft. Dadurch stehen die Hallen der Kunst, Religion und Wissenschaft ihm offen. Und der culturloseste Wilde tritt berechtigt an deren Schwelle durch seine Freude an dem vom Geist Geschaffenen, — durch eine Freude, die auf Verständniß beruht. Es schimmert aber durch das loseste Verständniß hindurch doch ein schöpferisches Neubilden dessen im Geist, was äußerlich geschaut wurde. Damit aber documentirt der Mensch und auch der verwahrloseteste seine Verwandtschaft mit dem Künstlergenius, dessen freie Schöpferkraft nur genialer ist als die seine.

Dieses Gepräge des Menschen erschließt eben der Menschenaufgabe gemäß noch etwas Anderes, nämlich eine Perspective in die Unendlichkeit hinaus. Der Mensch wird durch sein schöpferisches Inneres innerlich immer reicher, klarer und durch die Ideenmacht, auf der sein geistiges Wachsthum ruht, immer persönlicher, — wir können sagen: Gott ähnlicher. Ist doch dieser nicht anders denn als die vollkommene Persönlichkeit zu denken, vor dessen Geiste die ganze Welt als Eine Idee dasteht, wie sie als solche von ihm ausging. Weil nun der Mensch durch seinen Geist der Ideen fähig ist und durch diese immer reicher wird, darum ist er vervollkommnungsfähig fort und fort.

Nur die Menschheit weiß so auch erfahrungsmäßig von einem Fortschritte zu sagen. Die Biene wird bei aller ihrer Emsigkeit nie geschickter als sie im Augenblicke war, da sie die Zelle sprengte, — aber der Mensch hat von seiner Kindheit auf eine geistige Entwicke= lung vor sich, deren Ende sich nicht absehen läßt.

Wo ist da ein Uebergang von der Thierwelt zum Menschen möglich!

So ringt der Mensch, wie sehr er mit seinen Säften und Kräften in dem Naturleben auch eingewurzelt ist, doch von derselben leise sich los. Eine ideale Welt, deren inneres Treiben unserer Wissenschaft nicht angehört, redet durch die Symbole der irdischen Dinge zu unserem Gemüthe; sie findet da ihr Echo und läßt um der irdischen Unzulänglichkeiten willen ein Weiteres hoffen.

Diese ganze menschliche Herrlichkeit hängt nun im Grunde freilich nur zum Theil an der Herkunftsfrage. Ist doch ein gott= begnadigter Künstler darum nicht weniger, weil er von schlichten Ahnen stammt. Aber unsere ganze Weltanschauung hängt daran: ob der Mensch nur ein Naturspiel ist — oder eine ewige Liebe ihn in's Dasein rief, der er Sein oder Nichtsein geruhig anvertrauen kann. Degradirt wird der Mensch auch von Vogt ja nicht. Eine noch jetzige volle Uebereinstimmung mit der Thierwelt, selbst mit dem Affen behauptet er keineswegs.

Ja, es ist ihm nicht mit Unrecht nachzurühmen, daß er es gerade sei, der wissenschaftlich anatomisch nachgewiesen, daß die Menschheit himmelweit über die übrige Thierwelt sich hinausent= wickelt habe und in unerreichbarer Höhe dastehe. Aber immerhin erkennt er damit die Menschheit doch nur als eine gesteigerte Thier= welt an, und gleich dieser nur als ein mechanisches Spiel der Natur. Unser Hinweis auf die geistige Eigenthümlichkeit des Men= schen sollte nun darthun, dieselbe sei der Art, daß sie nicht bloß eine höhere Erkenntnißstufe thierischen Lebens repräsentire, vielmehr etwas ganz Anderes, das nicht einmal keimartig in der Thierwelt zu finden und darum auch nicht aus ihr zu erklären sei. Will man freilich mit Gleichnissen spielen anstatt mit klaren Gedanken, so ist die Vogt'sche Auffassung leicht plausibel zu machen. Es kann näm= lich ganz leidlich gesagt werden: auch die Knospe, die zur Rose aufbricht, offenbare da mit einem Male Rosenduft, davon an der Knospe keine Ahnung war. Aber abgesehen davon, daß Duft etwas ganz Anderes ist als Geist, — jener als physiko=chemischer Vor= gang dem Naturreiche, dieser einem andern Reiche angehörig —, handelt es sich hier in dem Bilde um die Entwickelung einer und derselben Blume, und der Duft ist in der Knospe schon an=

gelegt gewesen, ganz wie der Menschengeist latent vom Kindesleben noch gehalten ist.

Auf das Kind nun weist Vogt auch des Weiteren hin. Auf ganz gleiche Weise wie der Erwachsene sich aus dem gedankenlosen Kinde entwickele, habe sich die Menschheit aus der gedankenlosen Thierwelt herausgehoben. Die Sache, heißt es, sei noch prächtiger! Die menschliche Entwickelung vom Embryo zum Kinde, vom Kinde zum Manne spiegele noch immer die Stufen, welche die Menschheit durch die Thierwelt hin vor Zeiten durchgemacht habe.

5.

Daß die Vergleichung vom Kindesgehirn und Affengehirn den Unterschied nur noch verstärke, anstatt zu erklären, außerdem zu den tollsten Ungereimtheiten führen würde.

Alles das Erwähnte, sagt Vogt, ist nur Folge von anderer Beschaffenheit des menschlichen Gehirnes. Das Gehirn des größten Gorilla, das er untersucht, hatte 537 Kubikcentimeter, das eines europäischen Menschen etwa 1500. Aber die Natur wiederhole durch Rückschlag im Entwickelungsgange eines Geschöpfes so ziemlich alle die vorigen Thierstaffeln, die es durchgemacht.

Folgerichtig ist hinzuzufügen: auch die Urmenschformen treten noch auf im Kinde, zumal die letzten Stammbaumlinien doch am klarsten sich wiederholen sollen! So müßte ein Kind auch in Farbe und Gliederverhältnissen noch etwas von dem gemeinsamen Urmenschen an sich tragen. Um es grell auszudrücken, müßte das Negerkind nicht gleich düsterfarbig und mit den Gliederproportionen der Negerrace zur Welt kommen, oder das Europäerkind nicht mit Teint und Proportion der kaukasischen Race. Aber Vogt betont solche Wiederholung des Stammbaumes nur, wo es ihm paßt, oder vielmehr — um was es uns zu thun ist, — nur scheinbar paßt. Der Mensch wiederhole so in seiner Entwickelung den Affenvetter, von dem er stamme, denn ein neugeborenes Menschenkind habe nur erst 400 bis 800 Kubikcentimeter Gehirn. Während das Affengehirn nun aber nur stetig zunehme, jedes Jahr etwa nur 6 Kubikcentimeter, habe ein Menschenkind schon nach Ablauf des ersten Lebensjahres um 500 zugenommen, habe da also schon etwa 1000 Kubikcentimeter Gehirn, nämlich insofern als die Uebungen des Gehirnes vornämlich im ersten Jahre durch Sinneseindrücke veranlaßt werden, durch Sehen, Hören; was Keiner bezweifeln wird, führt er an, daß der Mensch fast in seinem ganzen Leben nicht wieder so viel lerne als im ersten Lebensjahre.

Hier sind wiederum bedeutende Fragezeichen zu constatiren. Also: der Mensch hat nach dem ersten Lebensjahre schon fast

doppelt so viel Gehirn als der größte Gorilla. Aber wie über=
legt sind die Handlungen eines Affen gegen die eines einjährigen
Kindes, das noch keine seelischen Fähigkeiten hat als sich zu
fürchten und zu freuen! Jeder Vogel, jedes Insect ist klüger und
geistestüchtiger als solches Kind. Und wenn man sagt, das Kind
würde schon so klug sein als der Orang, wenn es die Hirnpartien
schon so lange hätte a u s b i l d e n können als solcher alte Bursche,
so meinen wir: die Ausbildung des Seelischen erst durch S i n n e s =
e i n d r ü ck e ist keine absolute Naturforderung, und wir verweisen
dazu wieder auf jene von ihrem ersten Lebensmoment an intelli=
genten Insecten oder auf die Vögel, die aus dem Ei gekrochen
in wenig Wochen fast so gewitzigt sind als die gescheidten Alten;
das Rebhuhn hat kaum seine Eischale zerknackt, so läuft es auf
die Hirsekörner zu und weiß sie aufzupicken. Was sollte da nicht
das Kind mit seinen doch schon vorhandenen Hirndenkpartien
Alles verstehen, wenn sein Geist nicht etwas Apartes wäre!
Daß aber das Kind die geistigen Fähigkeiten noch nicht entwickelt
hat, noch auf der geistigen Unentwickeltheit des Affen beharrt, ja
noch hülfloser und knospender ist als dieser, hat bei einer idealen
Anschauung einen tiefen sittlichen Grund und nicht den Grund
der Wiederholung früherer Abstammungsstufen. Das Kind ist eben
Kind, hülflos, körperlich und geistig unentwickelt, — damit die
Familienliebe sich gründe durch Anhänglichkeit, Fürsorge und
Dankbarkeit. Der Familie ist nur der Mensch fähig; und die
Kindheit giebt dem Vater= und Mutternamen erst einen sittlichen
Inhalt und knüpft alle Bande ethisch fester. Der Familienschooß
aber ist es, in welchem der Mensch sich zu den höchsten Menschen=
aufgaben erziehen soll und darum für seine Menschenaufgabe
unumgänglich nöthig.

Auf der M e n g e des Gehirnes, das, um Raum zu ge=
winnen, sich faltig windet, kann die Vernunft also nicht beruhen,
das Denken kein Product des Stoffes sein; höchstens umgekehrt.
Wohl liegen manche Ausflüchte vor: es komme auf seine
S t r u c t u r an. Aber es ist darüber nie genügend Thatsäch=
liches dargelegt. Beim Kinde ist übrigens die Structur schon
kaum anders beim Erwachsenen. Gut, aber die Vernunft wird sich
erst durch lange U e b u n g entwickeln. Wir haben's schon zurück=
gewiesen, daß diese Langsamkeit die Forderung des Stoffes sei.
Insekten= und Vögelwelt protestiren da ganz energisch! Außer=
dem wäre es der verändernde Einfluß von etwas Sinlichem auf
Sinnliches, bei dem, materialistisch gefaßt, die Lichtstrahlen und
Schallwellen doch nur rein mechanisch wie auf die photographische
Platte oder auf die Chladni'schen Klangtafeln so auf die Ge=
hirnmasse verändernd wirken könnten. Die Sache liegt nämlich
so: Durch den Stoffwechsel oder irgend welche physikalischen Ver=

änderungen des Gehirnes, welche durch Licht, Schall u. s. w. ausgeübt werden, könnten (gemäß dem wie es einzig und allein bekannt ist bei Naturvorgängen) nun allerdings Kräfte frei werden, und je größer und eigenthümlicher das Gehirn ist, desto mehr könnten Kräfte frei werden. Aber das könnten doch nur physikalische Kräfte sein: chemische, elektrische, magnetische, mechanische oder wärmende Kräfte, — denn Natürliches, wie das Gehirn es ist, kann doch nur Natürliches ergeben. Die natürlichen, eben die genannten physikalischen Kräfte wirken aber **erstens** nur mechanisch und darum mathematisch gesetzmäßig, was bei dem freien Walten des Geistes, der nach Grundsätzen oder Willkür zu thun und zu lassen vermag, nicht der Fall ist; und es wirken diese Kräfte **zweitens** nur so, daß wir sie aus ihrer Wirkung auf Stoffe bemessen können, während das geistige Thun in der That weder Berge zu versetzen noch nur ein Stäubchen zu beeinflussen vermag; wir können **drittens** jene Kräfte in andere Kräfte verwandeln, und zwar alle, die zwischen Himmel und Erde auf und niedersteigen, aber mit dem menschlichen Geiste hat noch Niemand experimentiren können; wenn wir warm werden beim Denken, so hat das ganz andere Gründe. Wer außerdem als Naturforscher das eigenste Wesen und Wirken der **Naturkräfte** kennt, **die ja total nichts thun als Stoffatome verbinden und trennen und damit Punktum**, der kann nur lächeln: Eine Naturkraft, die dem Stoffwechsel des Gehirnes als Denkkraft entsteige, sei der Geist nun und nimmermehr, sondern etwas Anderes, über dessen Definition wir uns immerhin bescheiden wollen.

Darüber nur im Klaren: was thun Naturkräfte? Was thun Seele, Geist?

Wie kann Vogt somit behaupten, daß das Kindesgehirn blos durch physikalische Reize, wie Licht, Schall u. s. w. im Laufe der Jahre bei guter Ernährung die Fähigkeit erlange, Gedanken abzuscheiden? — Wie kann er das Kindesgehirn mit dem ausgewachsenen Affengehirn vergleichen, die von ganz verschiedenen geistigen Prinzipien getragen sind? Credo, quia absurdum! Wir kommen hier in einen Zauberwald, wie ihn der alte Musäus dicker nicht geschildert hat.

———

6.

Daß der Geist nicht blos Resultat des Gehirnes sei, daß darum ein wachsendes Affengehirn nie doch menschlichen Geist bekommen könne.

Die Vogt'sche Proclamation lautet dennoch unbeirrt: Wächst das Affengehirn einmal, und wachsen besonders die bestimmten

Partien desselben einmal, die in der Wölbung über den Augen liegen, so wird es zum Menschengehirn mit menschlichem Geiste. So war's vordem geschehen. — Gewiß, wenn das Seelische nur der Duft der Gehirnblume ist, aus dem Gehirn sich mechanisch erzeugt, wie 9 aus 3×3 und wiederum 16 aus 4×4 u. s. w., so hat die Sache ihre Richtigkeit. Dann ist's rein allopathisch anzusehen: „viel hilft viel." Wir wollen, aber ohne idealistische Vorurtheile, sehen, ob das nur philisterhafte Vorstellung ist, oder vor der Beleuchtung des Denkers und Naturforschers als blos chemisches Rechenexempel sich n i c h t halten läßt.

Gut also: der Nervenstoff soll nicht Sitz, sondern vielmehr Erzeuger des Seelischen sein. Versteht sich dann von selbst: „und mit den Stoffen wird's zu Grunde gehen." Aber dem ist leider nicht so. Ich habe Erinnerungen aus meinen ersten Lebensjahren, derer ich Jahrzehnte hindurch nicht mehr gedacht habe, die aber plötzlich durch die leiseste Andeutung mir klar im Rahmen damaliger längst vergessener Verhältnisse wieder vor Augen stehen. Vocabeln, die ich vor Jahrzehnten gelernt, tauchen mir beim zufälligen Lesen mit allem dem, was ich damals dabei gedacht, bekannt wieder auf, wie ehedem auf der Schulbank. Das Gehirn, mit dem diese Bilder und Vocabeln damals begriffen und eingeprägt wurden, ist, wie ich denke, durch den Stoffwechsel schon zehnmal vom Fundamente aus ein anderes geworden und sein alter Stoff durch die Nieren abgeschieden. Mit dem Gehirnstoffe, dem die alten Bilder und Vorstellungen angehörten, hätten selbige, meine ich, längst da zu Grunde gegangen sein sollen. Selbige müssen also doch einem gewissen Etwas abhärirt haben, was nicht dem durch die Nieren abscheidenden Stoffwechsel unterworfen war, wir wollen einmal mit Salbung sagen: was nicht der Vergänglichkeit angehörte. Ich bitte den Materialismus um billige Berücksichtigung dieses Problemes.

Debattiren wir gut materialistisch weiter! Stoff als derselbe Stoff ist Erzeuger von Gleichartigem: das Erzeugte kann je nach der Quantität des Stoffes nur stufenmäßig verschieden sein. Wie aber steht es mit den Nerven? Es sind schöne experimentelle Nachweise geliefert, und auch Vogt beruft sich auf sie, daß die über einer wagerechten Linie durch die Augen liegende Gehirnpartie der Herd der Denk= und Willenskraft sei. Alle anderen Nervenpartien, selbst die mächtigen Rückenmarksnerven sind zumeist nichts — als die Leiter äußerer Empfindungen, nur Telegraphendrähte, die von den Augen, Ohren u. s. w. her von der Außenwelt Kunde geben, während die ebenfalls graue und weiße Nervsubstanz des Gehirnes die p r i n c i p i e l l andere Funktion des Beurtheilens der Rapporte hat. Wahrnehmen und Urtheilen sind aber zwei Dinge, so verschieden wie das Amt der Ordonnanz und des strategischen Leiters der Schlacht. Muß der consequente Materialist nicht sagen: auch der Fuß, auch das Ganglienshstem, auch das Rückenmark kann denken, und doch, — das geht nicht! Diese Debatte nun muß eigentlich detaillirt geführt werden und ist es geworden, aber der Materialismus hat immer gestehen müssen: klipp und klar ist das Ding nicht!

Dazu plaidirt noch die Eigenmächtigkeit des Seelischen oder Geistigen. Der Physiologe weist es nach, und Niemand zweifelt daran, daß Zustände des Seelischen durch etwas nicht entfernt Sinnliches, wie Geiz, Aerger, Zorn herbeigeführt werden können, die wirklich chemisch, also materiell verändernd auf das Blut einwirken. Ist's nicht wunderlich, daß das Gehirn bei jenen Affekten, ohne durch Licht, Schall, Stoß u. s. w. getroffen zu sein, dennoch erfaßt wird und das Physische des Körpers mächtig — in Folge wovon? — beeinflußt? Wir meinten immer, Stoff könne nur durch physikalische Kräfte beeinflußt werden, — aber so ist's eben nicht, und der Materialismus bleibt die Lösung schuldig.

Und nun gar die bescheidene Nachfrage: wie die zarte, — Liebe und Treue, Freundschaft und Redlichkeit, Begeisterung und Opferfreudigkeit umfassende Welt des Sittlichen, und wie das Gewissen mit seiner Unverwüstlichkeit, sammt dem Gemüth mit seinem Wünschen und Sehnen aus der chemischen Retorte der Gehirnkapsel hervorgehen können. Diese heilige Welt unseres Innern ist kein leerer Wahn, der in der Ideenstampfe sammt anderem Rumpelwerk des Mittelalters zu verarbeiten wäre. Alle sittliche Forderung unserer Brust hat aber eine heilige Geltung für uns nur, daß wir mit Gut und Blut dafür einstehen, wenn sie mehr als ein phantasmagorisches Destillat des Gehirnes ist, nur also, wenn sie auf göttlichen Geist geschrieben als höhere sittliche Weltordnung sich documentirt. Aller andere Grund der Sittlichkeit hat sich von je als Grau der Theorie erwiesen.

Sind wir zu Ende? Wenn wir darauf ausgingen, die Selbstständigkeit des Geistes hochnothpeinlich festzustellen, so müßte ein Buch hier erst anfangen dick zu werden. In Erinnerung bringen wollte ich aber nur und mit einigen unverrückbaren Ecksteinen stützen, daß das Seelische des Thieres und das Geistige des Menschen nicht ein Product, sondern der reale, wenn auch nach der bisherigen Erfahrung bis in's Tz hinein abhängige Inhalt des Gehirnes sei. Diese Abhängigkeit, die bis in die Störungen des Gehirnes geht, denen die des Geistes folgen, ist aber doch nur für das innige irdische Zugewiesensein des Geistes auf das Gehirn ein Beleg. — Uns ist's aber in Vorliegendem nicht darum zu thun, die Geistesrealität als einen rocher de bronze zu stabiliren, sondern um die schlichte Bemerkung, daß das Seelische im Allgemeinen wohl ein entsprechendes Hirn zugewiesen erhalten hat und, nun es solches hat, für unsere Erfahrung Wohl und Wehe mit demselben theilen muß; daß aber aus diesem innigen aufeinander Angewiesensein nicht hervorgeht, daß das Gehirn gerade so sein mußte. Der Geist nimmt bei seinem Wachsthum wohl das Hirn in's Schlepptau und schafft sich in ihm eine auch stofflich breitere Basis (bei den geistig unscheinbaren Mikrokephalen bleibt es darum klein), aber der Geist folgt nicht dem Wachsthume des Gehirnes.

Der Fall ist freilich noch nicht dagewesen, daß ein Affe einmal ein eminent größeres Gehirn gehabt hätte, — er wird dies auch nie haben, weil das, was er hat, seinem Geiste entspricht! Wenn er es aber hätte, so würde er, nach neuern physiologischen Grundsätzen zuzugeben, wohl menschliche Begabung haben, aber — nicht in Folge davon; sondern die Sache wäre so, daß in Folge größeren Geistes das Gehirn sich würde vergrößert haben. Aber! die ganze Möglichkeit einer Zunahme hängt wiederum an der Frage, ob der menschliche Geist ein aparter ist oder nur eine weitere Entfaltung der Thierseele. Daß der menschliche Geist, wie bei den Blödsinnigen, zur Thierseele fast herabsinken kann, giebt noch nicht, wie man beliebt, die Folgerung an die Hand, daß nun auch die Thierseele sich zu menschlichem Geiste steigern könne. Das ist eben was ganz Anderes! Alles Seelische und Geistige kann ja, wie der Schlaf und die Heilung von Blödsinnigen es lehren, ein latentes Dasein haben und dadurch nur in seiner nächsten Entfaltung behindert werden. Einem fast auf Null reducirten Geiste ist darum doch sein specivisches Wesen nicht abzusprechen. Was er ist, ist er, wenn er auch nicht immer sich zu offenbaren und nicht gleich sich zu entfalten vermag.

Nach aller über die Jahrtausende sich verbreitenden Erfahrung kann aber Gleiches nur Gleiches oder in seiner Sphäre Aehnliches erzeugen: die Art nur dieselbe Art. Nur in der Sphäre der Art kann eine Entwickelung stattfinden, wie ein Spitz nur in der Hundesphäre klüger ist als ein Bullenbeißer. Aber das menschliche Selbstbewußtsein, die Persönlichkeit ist keine solche bloße Steigerung thierischer Klugheit oder Spürkraft, sondern etwas total ganz Anderes.

Auf die Größe des Gehirns kommt es aber nur bei einer und derselben Gattung an. Sonst müßten die Ameisen und Spinnen, deren nicht bloß instinktive Intelligenz ich aus meinen entomologischen Studien frappant zu erweisen vermag, nicht halb so klug sein als das Lamm auf grüner Weide. Ich behaupte aber gegen Professor Vogt, indem ich mich auf die Selbstständigkeit des geistigen Prinzipes stütze, daß nur der Geist als das Wesenhafte und Dominirende auf das Gehirn mehrenden Einfluß habe. Das gilt auch für die Mikrokephalen. Bitte um herzliche Gegenbeweise. Der Geist ist eben das Wesentliche am Menschen und das Gehirn nur das stoffliche Substrat. Das specivische Wesen des menschlichen Geistes erweist aber vor Allem der Einblick in das Wesen der menschlichen Sprache, die nichts als die sinnliche Offenbarung des menschlichen Geistes ist und uns dessen absolute Eigenartigkeit erschließt. Wer damit nicht bekannt ist, den können die sprachphilosophischen Untersuchungen etwa von Bopp und Max Müller darüber belehren.

In brillanten Zügen führt Vogt nun allerdings aus, daß bei einem größeren Gehirn auch ein größerer Geist sich finde, daß mit wachsendem Gehirn der Geist sich entsprechend entfalte. Er weist erstens hin auf die Stirn der Denker, unter der sich das Gehirn faltig immer mehr winde; je reichlicher das geschehe, je größer es also werde, desto geistestüchtiger auch werde solcher Denker. Das leugnet Niemand. Was also, meint er, sei selbstverständlicher, als daß eine bestimmte Menge Gehirn eine bestimmte Menge Geist producire. Lasset den Gorilla, der nur halb so viel Gehirn als ein Australier hat, an Gehirn wachsen, so ist er so geistreich als solcher; und lasset dem Australier sein Gehirn einmal verdoppelt werden, so ist er, was wir Europäer sind. — Die Sache sieht Vogt zweitens auch geschichtlich bestätigt. Er sowohl als andere Forscher haben durch jahrelange Untersuchungen festgestellt, daß das menschliche Gehirn im Laufe der Jahrhunderte, ja der Jahrtausende, im Allgemeinen wenigstens, stetig zugenommen habe. Sie haben die Schädel längst vergangener Zeiten herausgeholt und die Stirnhöhlung gemessen und verglichen. Dazu dienten vor Allen die alten zu Paris aufgegrabenen Friedhöfe, deren ältester in die karolingische Zeit auf etwa 1000 Jahr zurückweist, während der späteste die Zeit von 1788 — 1824 umfaßt. Hundert Schädel, die man verglich, ergaben allerdings eine stetige Zunahme der Hirnmasse und schönere Wölbung der Schädelstirne, während die ältesten wirkliche Flachköpfe waren. Dem entspricht, was jedes Schulkind weiß, daß die vor= und mittelalterlichen Menschen ungebildeter, geistesärmer waren. Ebenso besitzen die auf einer niedern Stufe stehenden Völkerschaften weit weniger Gehirn als die Europäer, ganz in abäquatem Verhältnisse zu ihrem Geiste. — Bei dem Allen ist zunächst manches Einzelne zu bemängeln. Eine wirklich stetige Steigerung der Menschheit ist nämlich damit noch nicht bewiesen, — die Menschheit ist in ähnlichem Maaße auch herabgekommen oder hat ihre Höhenpunkte in andern Ländern gewonnen. Zu den Zeiten der Griechen und Römer, zum Theil schon der alten Hebräer, Phönizier und Juden ist die Geisteshöhe kaum eine geringere gewesen als zu unserer Zeit; die Schädelbildung würde in jenen Ländern eine Verringerung des Gehirnes zeigen. Das hat auf und nieder geschwankt in Folge von politischen und natürlichen Verhältnissen. — Ein wunderliches Ding aber ist es, aus der Uebereinstimmung der Geistesgröße mit der Gehirngröße ganz naiv die Nothwendigkeit zu folgern, daß das Gehirn den Geist wachsen lasse. Es kann nur Vogt wegen seiner Annahme, daß der Geist nichts als die Thätigkeitsäußerung des Gehirnes sei, nicht im Traume einfallen, daß man zunächst mit ganz demselben Rechte behaupten kann: der Geist macht das Gehirn wachsen! Aber nicht nur mit demselben Rechte kann man das behaupten, — mit noch ganz anderm Rechte und mit vielleicht unabweisbarem Rechte, wenn wir bedenken, was Vogt ja selbst meint, daß durch anhaltendes Denken, also durch den Geist, das Gehirn sich mehre!

7.

Daß der Affe mit dem Menschengeiste auch noch nicht würde sprechen können, denn dazu gehörte außer dem Denken auch der Sprechapparat.

Wegen des eben Gesagten ist gegenüber der Vogt'schen Abstammungstheorie nicht minder als auf die Vernunft auf die menschliche Sprache Gewicht zu legen, von der keine Brücke zur Thierwelt führt.

Ratio — oratio, die Sprache ist nur der sinnliche Ausdruck der vernünftigen Persönlichkeit; das Thier kann nicht sprechen, weil es nicht denken kann, denn das Sprechen beruht, wogegen Niemand etwas haben wird, ausschließlich auf dem ideenbildenden Vermögen, das nur der Mensch hat. Anders erklärt es allerdings Vogt. Die das Sprechen bedingenden Gehirntheile liegen nach ihm in den von der Gegend der Augen, und zwar des linken, ausgehenden Windungen. Bei den Affen sind diese durch die sogenannte Centralwindung (die vom Scheitel abwärts geht) von den Schläfenwindungen getrennt; beim Menschen ist dies nicht der Fall, da die Centralwindung nicht so tief herabgeht. Daraus erklärt sich das Unvermögen der Affen zum Sprechen. — Beachtenswerth ist das immerhin, aber vielleicht nur in sofern, als es auch anatomisch an die Hand giebt, daß der Affe eben nicht auf die Sprache angelegt ist. Aber gar nichts entscheidet es in der Frage, ob das geistige Vermögen von der bestimmten Construction des Gehirnes bedingt ist, oder ob die bestimmte Construction des Gehirnes ideal als je passendste Grundlage für bestimmtes geistiges Vermögen zu erachten ist. Für Letzteres möchte zu stimmen sein, wenn man bedenkt, daß der Affe bei bestmöglicher Gehirnconstruction auch noch nicht sprechen könnte, — da ihm die Stimmritze und das ganze complicirte Zubehör derselben abgeht, er nur einige Knorpelringe nebst einigen Gebrüll verur-

sachenden Stimmtaschen hat. Aber wie meisterhaft zweckentsprechend beim Menschen! sein Kehlkopf, der vorn in der Mitte des Halses liegt, ist oberhalb durch den zungenförmigen Kehldeckel geschützt. Dadurch kann zunächst beim Essen nichts in die Stimmhöhle kommen. Rechts und links vom Grunde des Kehldeckels gehen die zwei Schleimhautfalten aus, welche die Kehlkopfröhre umsäumen und von schleimdrüsigen Anschwellungen und Knorpelchen durchsetzt sind. Zwei untere Knorpelchen davon sitzen auf den breikantig hörnchen= förmigen Gießkannenknorpeln. Dem Alles das umgebenden Ring= knorpel sind diese letztern frei beweglich eingegliedert, und ihnen der Länge nach angeheftet sind die einander gegenüberliegenden glänzenden Stimmbänder. Diese sind elastisch häutige Platten, die von ihnen als gleichsam von Hebelarmen angespannt und er= schlafft werden können. Beim Reden preßt die Lunge Luft in den ganzen Apparat, der nun sein Spiel beginnt. Nun richten sich die Gießkannenknorpel in der sie überziehenden Schleimfalte auf und treten einander nahe gegenüber. Dadurch werden die Stimm= bänder häutig gespannt und dicht an einander gezogen, so daß nur eine schmale Ritze bleibt. Die durch Willensanregung aus der Brust geathmete Luft setzt sie in höhere oder tiefere Schwingung, wobei je nach dem hervorzubringenden Tone der Kehldeckel, die Taschen= und Stimmbänder, die Gießkannen= und andere Knorpel in buntestem Wechsel ihre Stellung und Spannung blitzartig ändern. Es haben dabei die über den Stimmbändern gelegenen Räume und Theile in gleicher Idealität genau bemessene Resonanz= bedeutung. Alles in Allem ist's ein Kunstwerk, an das die Kehle keines andern Geschöpfes von ferne nur hinanreicht. Irgend ein von Menschenhänden gebauetes Blasinstrument, so vollkommen es sei, ist immer nur eine dunkle Nachahmung der menschlichen Klangwerkzeuge.

Der Stimmapparat des Menschen ist nicht nur ein musika= lisches Instrument mit unerreichtem Gesange, sondern auch der einzig mögliche Apparat, durch den die unendliche Modulation von Tönen, das feinste Gemisch von Ton und Geräusch, wie es schon ein einziges Sprechwort verlangt, hervorgebracht wird. Er ist eben dazu anatomisch so sehr complicirt und ideal construirt, so daß er sich bei vorhandenem geistigem Bedürfniß durch Uebung nicht ge= bildet haben kann; oder wie sollte er im materialistischen Geschehen der Natur zufällig einmal bei einem Individuum — und gerade blos beim Menschen! — aufgetreten sein und sich erblich fortge= pflanzt haben! Warum ist dieser Stimmapparat und gerade nur beim Menschen eingetreten, der ihn anwenden konnte, und sonst bei keinem Geschöpfe, selbst nicht beim intelligenten Vogel, der nur eine Gurgel hat? Was ein Geschöpf braucht, hat es und hat es somit nicht nur hie und da als Spiel des Zufalles, — sondern

ein idealer, vernünftiger Zug geht durch die Einrichtungen der Natur. Das Wort des altersgrauen Propheten rauscht noch immer durch die Schöpfung hin: „siehe da, Alles ist sehr gut!"

Die Behauptung, daß der Sprung von dem Heulen und klagenden Winseln des Affen und Uraffen oder menschlichen Urahnen zur Sprache des Menschen hin durch natürliche Entwicklung sich gemacht habe, ist so nicht blos eine Vermuthung, sondern nach Vogt's Abstammungstheorie verstanden, gelinde gesagt, eine Unmög= lichkeit. Wir müßten auch als selbstverständlich mit in den Kauf nehmen, daß das Reden vom wirklichen Esel des Bileam naturge= schichtlich eine zwar abnorme aber doch bei Leibe nicht so von oben herab zu betrachtende Sache sei. Der für schal verschriene Rationalismus der Theologen käme so auf andern als mythischen Wegen zu seinem Ziele. —

Andere Unähnlichkeiten des Menschen und Affen, die leicht überbrückbar scheinen, sind es bei näherer Betrachtung doch nicht. Ich rechne dahin außer den Zähnen etwa die Behaarung, die beim Menschen nur flaum= oder wimper= oder zottenhaarig auf= tritt, während die irgend affenähnlichen Thiere sämmtlich ein Fell haben. Wie so gar nicht die Natur da von ihren Festsetzungen abweicht, zeigt uns die Behaarung des männlichen Gesichtes, mit dessen Fülle sie constant die schönere Hälfte der Menschheit verschont hat. Wodurch soll der thierische Urahn um sein warmes Fell ge= kommen sein? Durch die Bekleidung nicht und auch nicht durch die Verfeinerung des Lebens. Dagegen protestirt schon der nackte Naturmensch. Und doch ist uns kein Volk bekannt, das mit eigenem Felle bedeckt wäre; dichte Behaarung tritt nur bei dieser und jener Individualität auf und vererbt sich mindestens kaum. Und die Haare sind doch nur accessorische Körperorgane, auf welche im Thier= und Pflanzenreiche kein großes Gewicht gelegt zu werden pflegt.

8.

Daß der Hinweis auf sogenannte Affenmenschen (Mikrokephalen) naturwissenschaftlich unhaltbar sei, daß die Affenmenschen vielmehr ganz anders zu erklären seien.

Als Krone der Beweise für die Vogt'sche Abstammungstheorie gelten die Mikrokephalen, die Affenmenschen, die freilich selten, aber doch ab und zu vorkommen,*) mit affenartiger Behendigkeit und Klettersucht, kleinem Kopfe und kleinem Gehirne, unartikulirter Sprache und geistiger Stumpfheit bei starkem Nachahmungstriebe.

---

*) Siehe die Abbildungen in der Gartenlaube 1868, Nr. 13.

Hier ist ein Rückschlag, heißt es, in den Stammbaum des Menschen, — ein fast vollendeter Affe wieder, nur mit vorwiegend menschlichem Rumpfe. Wer wollte das Auffällige der Thatsache leugnen!

Man rechnete die Mikrokephalen früher zu den Mißgeburten; aber Vogt erklärt sie als Rückschlag gemäß der Darwin'schen Theorie. Er stellt sie in eine Linie mit der Hasenscharte und dem Wolfsrachen mancher Menschen. Er führt als Analogie an: bisweilen fallen Füllen mit drei Zehen anstatt mit einem Hufe. Das sei ein Rückschlag auf ein Pferd aus der Tertiärperiode mit eigenthümlichen Zähnen (die bei unseren jetzigen Pferden als Milchzähne wieder erscheinen) und mit drei Zehen. Also sollen die jetzt noch mit drei Zehen fallenden Füllen von jenem Pferde aus der Tertiärzeit stammen.

Es ist eine interessante Beobachtung Darwin's, daß im Enkel oft leibliche und geistige Züge des Großvaters sich wiederfinden. Diese schlichte Bemerkung, die uns einen ahnungsvollen Blick in das ideale Geheimniß der Zeugung giebt, wird freibeuterisch in die capitale Vorstellung vergrößert, daß alles Eigenartige an einem Individuum eine rückblickende Prophetie auf eine frühere Beschaffenheit des Menschengeschlechtes sei. Die auf Jahrmärkten gezeigten und im Hunter'schen anatomischen Museum in London scelettirt aufgestellten Riesenmenschen müßten darnach auf ein einstiges Riesengeschlecht deuten, dem wir entstammen, die ab und zu herumlaufenden wenige Fuß hohen Zwerge gegentheilig auf eine Zwerggeschlecht, die Buckeligen u. s. w. auf solche Beschaffenheit der Urmenschen. — Die kürzlich von D a r e s t e angestellten Versuche mit Vogeleiern, auf welche er in Brütöfen fehlerhafte Einflüsse wirken ließ, in Folge wovon er die seltsamsten Mißgeburten und die frappantesten Ausartungen erhielt, zeigen, daß von einem Rück= schlage einer Art in eine frühere Stammart nicht gleich die Rede sein muß; daß eben die Unregelmäßigkeiten und Degradirungen einer Art (Thiere und Pflanzen unterliegen nach Darwin hierbei derselben Beurtheilung) absolut nicht in der Anlage der Stammart liegen, nicht von dem genealogischen Character der Eltern herrühren; sondern einfach in einem fehlerhaften äußeren Einflusse ihren Grund haben. So kann ein brav gradeaus geworfener Ball durch einen Windstoß ja wohl (wie die Mikrokephalen) eine ähnliche Richtung erhalten als ein vor oder neben ihm anders geworfener. — Manche Menschen werden auch nur mit vier Fingern, oder einem Arme u. s. w., u. s. w., oder was wir Muttermaal nennen, geboren, manche bikephale mit zwei Köpfen. Sind das auch Rückschläge? Wenn aber nicht, was ist der Unterschied zwischen Mißgeburt und Rückschlag? Ich glaube, an diesem Dilemma scheitert Manches, wenn nicht Alles an der Vogt'schen oder vielmehr Darwin'schen Rückschlagstheorie, und selbst seine Mikrokephalen zerfließen dadurch vielleicht in Dunst und Nebel, anstatt leibhaftige Propheten in frühere Zeiten zu sein.

Gut aber, es mag wirklich Rückschläge geben! Die sind dann jedoch ganz anders zu verstehen als Vogt es meint.

Nur aus Analogien der Natur kann so etwas klar werden, muß es vielmehr. Eine prächtige solche bietet uns das Pflanzenreich in seinen Monstrositäten. Nach der Pflanzenlehre sind alle Theile einer gefüllten Blume nur umgewandelte Blatt- oder Stengelorgane. Im schönen Monat Mai bietet uns so etwa die Tulpe seltsame Verwandlungen: die unteren Kreise der Blumenblätter sind in grüne Laubblätter, die Staubgefäße und zum Theil auch die Fruchtstempel in Blumenblätter verwandelt. Wir werden sagen: derselbe Rückschlag im Tulpengeschlechte als die Mikrokephalen im Menschengeschlechte. Wie steht es aber mit der Monstrosität der Tulpe?

Wollen wir behaupten, die Tulpe habe früher so ausgesehen; sie stamme von Gattungen, welche gar keine Blüthe und Blüthentheile gehabt haben, nur Grünblätter? Wie hätten sie sich aber dann damals vermehren wollen? Mag immerhin die Knospenvermehrung hingereicht haben, die Pflanzen über die Erde auszubreiten, um so mehr da bei unterdrücktem Samen jetzt noch die Sprossenvermehrung um so reichlicher ist; ja mögen selbst die Blätter reichlich fortpflanzungsfähig gewesen sein, wie jetzt noch bei der nicht reichlich blühenden Wasserlinse, — precär genug ist die Sache. Vor Allem, wie sollen die Befruchtungstheile plötzlich sich gebildet haben? Wenn einzeln und allmälig, so daß erst nur ein Staubgefäß aus den Blättern sich bildete und dann nach Jahren auch einmal ein zart complicirter Fruchtknoten, so wären die Staubgefäße als unbenutzt längst wieder vergangen gewesen, und es wäre nie zu einer Befruchtung und Blüthenbildung gekommen. Die Zweigeschlechtlichkeit ist absolut allgemein und selbst den Cryptogamen fehlt sie nicht; genau angesehen fehlt diesen in den Paraphysen auch die Blüthenhülle nicht, so daß wir sagen können: Geschlechtigkeit und Blüthebildung ist von Anfang an dagewesen. Ja, die Geschlechtlichkeit ist absolut in der Idee der Pflanzen und Thiere begründet. Bei den unscheinbarsten Organismen, selbst bei den Algen und Schimmelarten ist sie eklatant nachgewiesen, und wo der Nachweis etwa noch fehlt, da fehlt er eben nur noch. Und es muß, — wenn die Naturgesetze nicht umgekehrt sind, — auch vorweltlich so gewesen sein: es wird nie eine Pflanze ohne diese Geschlechtlichkeit gegeben haben. Liegt aber darin nicht auch eine Ideenhaftigkeit, die wie ein electrischer Schlag das ganze Kartenhaus des Materialismus schon über den Haufen stürzen muß?

Damit soll für unseren Zweck aber gesagt sein: die Blüthentheile der Tulpe (u. f. w.) sind nicht vormals Blätter gewesen, sondern nach der Idee der Blattnatur sind sie nur angelegt. Also: das Blatt, der niedriger organisirte, geringere Theil ist nicht der vorzeitliche Stammvater der Blüthe, sondern bei dem Naturgrundsatze der „Einheit in der Mannichfaltigkeit" liegt beiden nur dieselbe Formidee zu Grunde. Fiat applicatio: nach dieser Analogie, nach der die Abnormität nicht ein Rückschlag auf eine Abstammungsstaffel ist, sondern ein Herabsteigen auf eine der Ordnungsidee nach niedrigere Form, — ist auch die Mikrokephalie, sind auch die Affenmenschen anzusehen. Die dem Menschen zunächst unterstehende Form=Idee hat nach unserer Kenntniß der Affe oder ein dem ähnliches Thier (wie das Laubblatt dem Blumenblatte zunächst steht) und bei einer menschlichen Monstrosität, wenn wir sie nicht als wirkliche Mißgeburt fassen wollen, wird die nächste, ideell niedere Form von der Natur eingeschlagen werden. Solcher Affenmensch ist somit nicht von fern ein rückschauender Prophet auf unsere Abstammung, sondern nur ein Hinweis auf die Formenstaffeln, die unter uns liegen. Ein solches Individuum ist dann eben auch nicht recht mehr Mensch, denn er verleugnet so ziemlich den Geist des Menschen, er gehört kaum zu unserem Geschlechte, von dem er nur einige kaum nennbare Züge trägt. Ich würde sagen: tauft solches Kind gar nicht, denn es ist dazu nicht Mensch genug, denn es repräsentirt nur die tiefste animalische Form des Menschen und daher in einer der Affenform nahe stehenden Form. Da kann es dann heißen: der Geist ist hin, das Phlegma ist geblieben. Es giebt ja eine Skala des Menschseins und eine untere Stufe dieser Skala, auf der das wesentlich Menschliche, die Persönlichkeit so ziemlich verduftet. Affe ist der Mikrokephale freilich darum auch nicht, aber wenn die den Superlativ bildende Menschennatur heruntergeht, so kann sie nur zur systematisch nächststehenden tieferen Stufe, etwa zur Affenstufe sich abschattiren, ohne doch darum in sie übergehen zu können. Wie solches Herunterkommen möglich sei, das liegt in dem Geheimniß der Zeugung, deren Erzeugnisse ja immer um das Ideal des Menschlichen auf und nieder schwanken und so das Menschenthema in's Unendliche variiren, bei den Mikrokephalen aber die der menschlichen Formidee zunächst liegende Thieridee nahezu berühren. Aehnliches kann eben nur Aehnliches erzeugen, und wenn Unähnliches — so doch nicht über die Charaktersphäre hinaus. Der menschliche Charakter ist aber gerade scharf genug umschrieben.

Der Form nach nun sind sich Affe und Mensch allerdings ähnlich, wie ja allen Geschöpfen derselbe Grundplan zu Grunde liegt. Und es mag ja wohl durch irgend welche Umstände, wie bei den Mikrokephalen, eine Entartung stattfinden, durch die ein Artencharakter dem nächsten sehr nahe tritt. Darnach wäre es, wenn ein voller Uebergang sich constatiren ließe, vernünftiger, weil folgerichtiger, zu sagen, daß der Affe vom Menschen abstamme, zumal diese Annahme doch annähernd etwas Erfahrungsmäßiges für sich hätte.

9.

Was sich zur Affentheorie schließlich sagen lasse, und wie die Aehnlichkeit zwischen Mensch und Affe sich ganz anders verstehen lasse.

Will man trotzdem, um die Entwickelungsgeschichtlichkeit der Welt nicht aufzugeben, den persongeistigen Menschen aus der psychischen Thierwelt erklären, so protestirt die Ideenhaftigkeit der Welt doch mindestens gegen eine auf Mechanik von Stoff und Kraft be= gründete Nothwendigkeit dieser Herkunft. Zieht sich doch wie ein rother Faden durch die Generationsreihen der Vorzeit das Hinarbeiten auf die Bildung des Menschen hin; und in allen und in den noch so isolirten Continenten krönt die Menschennatur die Reihe der Lebewesen; diese schließt mit ihr ab. In seiner Persönlichkeit ist der Mensch das in der Schöpfungsgeschichte ge= bankenmäßig angestrebte Ideal, von dem, selbst wenn seine Herkunft sich in thierische Dunkelheit verlöre, doch ein Glanz ausginge, der die Hoheit des Meisters selber ahnen ließe.

Nur bei solcher Annahme höherer, ideenhafter Leitung und Beeinflussung kann die Darwin'sche Theorie sich möglich machen. Selbst Theologen (Professor Schenkel) haben sich dann für sie ausgesprochen. Und indem so die Abstammungstheorie und die Schöpfertheorie sich die Hände reichen, ist jene ihrer Schwierigkeiten entkleidet und diese im Grunde ihrer idealen Forderung versöhnt. — Außerhalb dieser Verschmelzung bleibt auf der einen Seite nur der Vogt'sche Materialismus, der aber nicht von ferne wissenschaft= liche Gewissenssache ist, sondern, um es psychologisch zu erklären, nur der Ausbruch eines stürmischen Gemüthes, das, weil wir ein höheres Walten nicht ergründen können, meint: es ist nicht! Da gilt es dann, das Ganze durch eine unzulängliche, oberflächliche Mechanik zu beschönigen, zu deren Durchführung ruhige Männer, welche Vogt an Specialkenntnissen in der Anthropologie nicht nachstehen (ich nenne nur als ein Beispiel Prof. Hyrtl in Wien) nur den Kopf lächelnd schütteln können. Auf der andern Seite bleibt die gewaltigste überrationale Vorstellung, daß der anatomisch so künstlich zusammengesetzte menschliche Körper im Nu geschaffen sei, so wie daß die Millionen von Gattungen gleich in ihrer vollen Ausbildung in's Dasein gerufen wurden. Gegen sie würde die geschichtliche Vorstellung, wonach die Lebewesen aus dem angeregten Entwickelungsstrome allgemach auftauchten und als Gattungen fixirt wurden, den allerdings großen Vortheil der Einfachheit und vollen Uebereinstimmung mit den jetzigen Resultaten der Naturforschung haben. Auch würde die Abstammung des Menschen von thierischen Geschöpfen dann nicht sowohl eine Abstammung als eine Umstammung, gewissermaßen doch eine Neuschöpfung sein und der Menschengeist, nach dem oben Gesagten, als etwas Eigenartiges zu erachten sein. Aber ohne die Annahme einer Idealität und höhern Leitung würden noch ganz andere Unmöglichkeiten zu Tage treten, als sie die wörtliche biblische Menschen-Schöpfungsgeschichte für eine natürliche Beurtheilung hat.

Sonst sehe man zu, wie man die absolute Kluft zwischen Thier und Menschheit, und wenn dies die nichtsnutzige der ältesten Steinzeit wäre, mit den aller Erfahrung widersprechenden Hypothesen überwindet. Dieses Ueberwinden zwingt zur Annahme von ganz andern Ungeheuerlichkeiten, als die in mancher Beziehung ja erhebende Anerkennung, daß unsere Wissenschaft an das Thema der Menschenabstammung nicht hinanreicht. Hier aber ist der Punkt, bei dem ein Compromiß der rationellen Naturwissenschaft mit dem Glauben zur Nothwendigkeit wird. — Eine geheimnißvolle Welt ist's einmal, in der wir leben: deren Ursprung und deren ideale Anlage wir als unerklärbar einfach hinnehmen müssen, — und in deren Geheimniß wohl auch das menschliche Dasein hineingeflochten ist.

Die Wissenschaft, vor Allem die exacte, ist nur der Versuch, den Duft dieses Geheimnisses von der Welt abzustreifen und unter ihren Händen in mathematische Nothwendigkeiten zu crystallisiren.

Die Wissenschaft geht darum aber nicht in den Kinderschuhen. Die sind ausgetreten, und sichern Trittes geht sie auf den ihr zugehörigen Gebieten einher. Ein Idiot nur kann die Forschungen der letzten Jahrzehnte über die vorgeschichtlichen Culturstufen der europäischen Menschheit und die Thatsache, daß der Mensch in Mitteleuropa noch mit dem Mammuth und Rennthier zeitlich zusammenlebte, nicht würdigen wollen, davon vor Allem Vogt's Verdienste nicht abzulösen sind. Nicht minder müßten wir die Augen schließen, um nicht das Gesetz des kosmischen und geologischen Fortschrittes als Eine große wirkliche Entwickelung langsam aber mächtig von Erdepoche zu Erdepoche walten zu sehen. Anders ist's aber in der organischen (d. h. in der Thier= und Pflanzen=) Schöpfungsgeschichte. Da liegt's freilich auch von den ältesten Zeiten an wie eine steigende Entwickelung vor uns, doch zunächst eben nur wie der ideale Entwurf einer aber nach den Naturgesetzen blos auf keine Weise vollziehbaren Entwickelung; wir gewahren ein Aufsteigen im Laufe der Zeit vom Einfachsten zu immer reicherer Organisirung. Versteht sich, — indem jede Zeit nur solche Pflanzen und Thiere haben konnte, welche für sie paßten: also anfangs nur die anspruchslosesten und einfachsten und dann immer vollkommenere, bis die Erde zuletzt selbst für den Menschen zubereitet war. — Mehr aber als das Bild einer Entwickelung, welches die Schöpfungsgeschichte vorführe, kann die Naturforschung bis jetzt da nicht behaupten. Prof. Vogt hat aber eben versucht, zu erweisen, daß es mehr sei als ein idealer Entwurf und z. B. der Mensch ohne Weiteres aus der Thierwelt sich entwickelt habe.

Die Unmöglichkeiten,*) welche solcher wirklichen, rein natür=

---

*) Welches die Fragen seien, wegen derer der Darwinismus blos Ver= muthung sei? Es ist eine Reihe von abenteuerlichen Fragen: 1) Wie sich Eins habe in's Andere umbilden können: z. B. Eidechsen, wie man geologisch nachweisen will, in Vögel; Fischflossen durch Abstumpfung bei trockengelegten Gewässern in Füße und diese wieder in Flügel; ein Affenthier in den Menschen. — 2) Weshalb dies, worauf geologische Funde weisen, z. B. unter den Vö= geln sich in ziemlich kurzer Zeit habe vollziehen müssen, indem die Vögelwelt zu einer bestimmten Vorzeit und dann gleich massenhaft auftrat. — 3) Wes= halb diese dann durch Jahrmillionen hindurch trotzig Vögel geblieben sind, was auch von andern Thier= und Pflanzenklassen gilt. — 4) Weshalb, wenn die Klima= und besonders die Bodenverhältnisse Ursache der Veränderungen gewesen sind, viele Thiere und Pflanzen (z. B. Algen, Farrn, Nadelhölzer) aus der ersten Zeit der Erde und so aus allen Zeiten bis auf uns sich unverändert erhalten haben; was jetzt grünet und lebt, war nachweislich schon vor unge= messenen Zeiten so, als Grönland noch ein fast tropisches Klima hatte; wie stimmt das zu der behaupteten kinderleichten Veränderlichkeit? — 5) Weshalb, seitdem die Menschen die Erde seit Jahrtausenden so tüchtig bearbeitet und allerlei Gewächse in die verschiedensten Zonen, Bodenarten u. s. w. verpflanzt haben, doch noch keine Verwandlung einer Art in eine andere hat erzielt werden können; wir haben noch dieselben Culturgewächse und Thiere, als die alten Aegypter zu Mosis Zeit und als die Griechen und Römer, und doch hat die Kunst kein Mittel zu ihrer Verwandlung unversucht gelassen. — 6) Woher die Urzelle, da doch neuestens die Naturforschung darin übereinstimmt, — daß nicht das kleinste mikroskopische Wesen (Schimmel, Infusionsthierchen u. s. w.) von selber entstehe; daß die Unmöglichkeit dazu durch Experimente erwiesen sei. 7) Woher das Nervensystem und die Sinneswerkzeuge der höher organisirten Thiere, da die Urthiere davon keine Spur hatten? Und will man auf das Ei weisen, aus dem das Alles auch erst im werdenden Küchlein sich entwickele, so liegt eben im Ei nachweislich die Anlage dazu. Ein Spiel mit ungerechtfer= tigten Gleichnissen! Der Ring einer Kette ist doch etwas ganz Anderes als die Kette selber! Bei den der Nerven und Sinneswerkzeuge baaren Thieren, die

lichen Entwickelung der ganzen organischen Welt durchgängig ent=
gegenstehen, lassen uns sagen: in der organischen Schöpfung
liegt unter Sinken und Steigen das Entwickelungsgesetz, als
naturgemäßes nach unserem Wissen, nur im Individuum und
auch in der Gattung: jedes Geschöpf macht einen Entwickelungs=
gang von der Zelle an durch, und jede Gattung hat eine Charakter=
sphäre, aber aus deren concentrischen Kreisen sie nicht heraustreten
kann. Die Grenzen dieser Sphäre sind im Keime schon fixirt,
weshalb ein Roggenkorn nie eine Weizenähre und eine Affenem=
bryo nie ein Mensch werden kann. Darum ist jedes Individuum
und wiederum jede Gattung (oder Art) ein Mikrokosmus, eine
Welt im Kleinen, — nur daß die Entwickelung, zu der die
Erde vielleicht Millionen Jahre brauchte, beim Individuum in
kurzer Lebensspanne nach unserer Erfahrung stofflich sich abschließt.

. Diese Weltanschauung zunächst hat für sich die Erfahrung
der exakten Wissenschaft und die aus der Eigenthümlichkeit der
lebendigen Dinge stammenden Wahrscheinlichkeitsgründe der
Vernunft.

---

jetzt noch leben, ist erfahrungsmäßig solche Anlage eben nicht vorhanden. —
Dies nur einige Gesichtspunkte in allgemeiuster Ausdrucksweise! Giebt's darauf
keine vollgültige Antwort, so ist die Abstammungstheorie ein Märchen aus
unsern Tagen.

Druck von Friedrich Giese in Zerbst.